Herstellung und Verlag:
BoD – Books on Demand, Norderstedt

Bibliografische Information der Deutschen
Nationalbibliothek

Die Deutsche Nationalbibliothek verzeichnet diese
Publikation in der Deutschen Nationalbibliografie;
detaillierte bibliografische Daten sind im Internet über
http://dnb.d-nb.de abrufbar.

ISBN: 978-3-7481-4081-8

Marie

Kriminalroman

Jürgen Rupprecht

Autor: Jürgen Rupprecht

Loktor: Simona Turini, Karlsruhe

Cover: Jürgen Rupprecht

Hermann Oswald zitterte im zugigen Führerstand seiner Baumaschine. Er hatte schon einige Jahre auf seinem Bagger verbracht, aber so kalt wie dieser gottverdammte Winter 2015 war noch keiner gewesen. Egal, er war fast fertig hier. Nur noch zwei Meter musste er den Hang abgraben, dann hatte er dem Berg genug Fläche abgetrotzt, damit hier an der Heidelberger Uferstraße eine neue Villa gebaut werden konnte. Danach war endlich Feierabend, Zeit für ein warmes Bad und kühle Biere.

Ein sehr lautes Hupen riss ihn aus seinen Gedanken. Das war unvermeidlich, wenn man der viel befahrenen Uferstraße mitten im Feierabendverkehr eine Spur raubte. Sein Blick streifte über die Unzahl an Fahrzeugen, die wie an einer Perlenschnur aufgereiht darauf warteten, an diesem Nadelöhr vorbeizukommen. Genauso unvermeidlich waren die Asiaten, die das Spektakel mit ihren Smartphones filmten. Hermann fragte sich, ob es in China keine Baustellen gab, aber schon lenkte ein Geräusch seine Aufmerksamkeit wieder auf seine Arbeit. Auf der gesamten Breite rutschte lawinenartig Erde nach.

„Scheiße, verdammte Scheiße!", brüllte er und hielt mit der Schaufel inne. Damit wanderten seine Feierabendbiere noch eine gute weitere Stunde in die Ferne.

Scheiß drauf, dachte er sich, er musste hier fertig werden. Seit seiner Scheidung trank er eh viel zu viel. Wieder und wieder grub er seine Schaufel in den Hang, dann der Schock, eine Wasserfontäne spritzte in den Abendhimmel. Wollte auf dieser verdammten Baustelle denn nichts klappen? Er schaute auf sein Plan: Da war kein Rohr verzeichnet. Er musste eine Wasserblase getroffen haben. Die Brühe umspülte die Ketten von Hermanns Bagger und lief über die Straße, um ihre Reise im Neckar zu beenden. Schon wieder hektisches Hupen aus der Richtung, wo die Flüssigkeit hinlief. Diesmal hatte er keine Zeit, hinzuschauen.

Stattdessen fuhr er die Schaufel hoch, um zu sehen, was er da getroffen hatte.

Die Strömung ließ nach, was seine Vermutung bestätigte; ein Wasserrohr war es wirklich nicht. Er stieg vom Bagger, um es sich genauer anzusehen.

Schon hörte er aus einiger Entfernung seinen Vorarbeiter brüllen: „Was sollen die Wasserspiele? Wir müssen fertig werden!"

„Ich seh mir das kurz an, Chef, dann geht's weiter", brüllte Hermann nicht minder laut zurück und dachte bei sich, *fick dich, blödes Arschloch.*

Vor seinem Baugerät hatte sich ein Loch so groß wie die Baggerschaufel aufgetan. Hermann nahm seine Taschenlampe aus der Werkzeugkiste und trat näher. Die Sonnenstrahlen, die in das Loch fielen, konnten die fast völlige Finsternis in dem Hohlraum hinter der Öffnung nicht durchdringen. Hermann strahlte mit der Lampe in den Hohlraum. Der Lichtkegel glitt über den Boden der Grube. Kurz streifte das Licht etwas, das er so schnell nicht erkennen konnte. Er führte den Lichtstrahl zurück zu der Stelle.

Was er sah, ließ das Blut in seinen Adern gefrieren. Die Taschenlampe rutschte ihm aus der Hand. Das letzte, was er wahrnahm, bevor wieder die Finsternis den Raum einnahm, war eine fast völlig skelettierte Kinderleiche, wohl ein Mädchen, wenn man das an dem geblümten Kleid festmachen konnte. Zitternd nahm Hermann sein Handy und wählte die 110. Als sich eine Frauenstimme meldete, fanden Hermanns Frühstück und Mittagessen den falschen Ausgang, er übergab sich.

Eine Stunde später wimmelte es auf der Baustelle von Beamten.

Heidelberg ist eine beschauliche Kleinstadt und so standen hinter der notdürftig aufgestellten Absperrung brav zwei Reporter der beiden regionalen Tageszeitungen mit ihren

Kameras und warteten, bis einer der Ermittler zu ihnen kommen würde, um sie zu informieren. Es war lustig anzusehen, wie die beiden inmitten von Touristen standen, die das Geschehen filmten und das Ergebnis via Facebook und YouTube in die ganze Welt schickten. Als immer mehr auf ein Tötungsdelikt hinwies, kam sogar ein Kamerateam vom Regionalfernsehen und filmte die Szene gelangweilt.

Manfred Bohrmann, ein durchtrainierter Enddreißiger mit dichtem schwarzen Haar, betrat wie ein Filmstar den Tatort. Der schwarze Anzug war billig von der Stange, kleidete ihn aber trotzdem recht gut. Ihm folgte Gabriele Hauf, eine Frau mit 40 Jahren Kickboxerfahrung, die mit ihren 54 Jahren immer noch ein echter Hingucker war. Prompt filmte das Regionalfernsehen nur noch die rassige Beamtin. Erwin Tillmann, Leiter der Mordkommission, hatte die beiden auserkoren, sich der Kinderleiche anzunehmen.

Manfred war nicht die hellste Leuchte im Halter, zugegeben, aber sein Onkel war ein hohes Tier im Innenministerium, und zu so jemandem sagt man nicht allzu oft nein, wenn er um einen Posten für seinen Neffen bittet. Nun hatte Gabriele ihn als Partner zugewiesen bekommen. Sie konnte ihr Glück kaum fassen, jedes einzelne Mal, wenn er den Mund aufmachte.

Gabriele glaubte ihrem Exfreund Erwin Tillmann keinen Moment, dass es nichts damit zu tun hatte, dass sie ihn gegen ein 20 Jahre jüngeres und mindestens genauso viele Kilo leichteres Model der Gattung Mann ausgetauscht hatte. Das musste ihren Vorgesetzten schwer getroffen haben. Zumindest war Tillmann danach in einen Box-Club eingetreten, um fit zu werden. Gabriele hätte nur zu gern mal mit ihm Sparring geboxt, aber leider war er in einem anderen Verein. Außerdem behauptete ihr Trainer, es wäre Mord, wenn sie mit ihm in den Ring steigen würde, selbst wenn es nur zur Übung war. Sie wandte ihre Aufmerksamkeit dem Fundort zu.

„Was haben wir da?", fragte Manfred. Das war bei weitem nicht die dümmste Frage in seinem Repertoire, Gabriele war angenehm überrascht.

„Weibliche Leiche, zum Zeitpunkt des Todes ungefähr zehn Jahre alt", antwortete der Gerichtsmediziner.

„Und wurde sie vergewaltigt?", fragte Manfred weiter.

Da war es wieder. Gabriele schaute auf die Knochen vor ihren Füßen und fragte sich, warum sie ihm nicht für jede dumme Frage eine reintreten durfte. Wozu hatte sie so viele Jahre trainiert, wenn sie dann nicht mal Spaß haben durfte?

„Ich bin Mediziner, kein Hellseher. Aber Sperma werden wir an den Knochen kaum noch nachweisen können", antwortete der Arzt angriffslustig.

Gabriele übernahm: „Lässt sich feststellen, wie das Kind zu Tode kam?"

„Das ist schwer zu sagen, nach der Autopsie weiß ich mehr", gab der Mediziner zurück.

„Kann man etwas dazu sagen, wie lange das Opfer schon tot ist?", fragte Gabriele.

„Ich würde sagen, mindestens ein Jahr. Aber genau weiß ich das erst nach den Untersuchungen."

Gabrieles Blick fiel auf eine auffällige Halskette mit einem bemerkenswert großen gelben Stein. War das überhaupt ein Stein? Die Beamtin war sich beim zweiten Blick nicht mehr sicher.

„Ungewöhnliche Kette; die gibt es bestimmt nicht oft. Können wir sie damit identifizieren?", fragte sie und rief direkt einen Kollegen von der Spurensicherung herbei. „Ich will, dass ihr die Kette fotografiert. Und dann soll sie in die Fahndung gehen. Mit etwas Glück erfahren wir, wer das Mädchen war."

Der junge Beamte machte sich sofort an die Arbeit. Zufrieden drehte sich Gabriele zu ihrem Partner um und hörte nur noch, wie er den Baggerfahrer fragte, was sein Alibi für die letzte Nacht sei. Das Zucken in ihrem Trittbein war kaum zu bändigen. Mit leicht genervtem Unterton wies sie ihren Kollegen darauf hin, dass dieses kleine Mädchen schon mindestens ein Jahr tot sei, vermied es aber, darauf hinzuweisen, dass er dies durch Zuhören bei den Ausführungen des Gerichtsmediziners selbst hätte herausfinden können.

Manfred nickte langsam, als hätte er das eben Gehörte verstanden und müsse es jetzt verarbeiten. „Wo waren Sie vor ungefähr einem Jahr?", fragte er dann den Baggerfahrer.

Gut, sie hatte ihrem Boss Hörner aufgesetzt, aber das hatte sie wirklich nicht verdient.

Februar 1992

Heinz März war extrem genervt. Warum mussten sie sich ausgerechnet bei dem Dreckswetter treffen, und wenn schon, warum nicht in einem Café in der Stadt? Die Sache war nun acht Jahre her, selbst wenn jemand damals dabei gewesen sein sollte, würde er nach so langer Zeit keinen Verdacht mehr schöpfen.

Und dann bekam Hilde, seine Frau, auch noch wegen des dauernden Regens nicht frei. Warum muss man als Krankenschwester bei Dauerregen durcharbeiten? Erwarteten sie in Heidelberg und Umgebung eine Katastrophe mit Hunderten von Ertrinkenden? Wahrscheinlich hatte sie sich nicht mal ernsthaft bemüht, Marie war schließlich nicht ihre leibliche Tochter.

Marie war keine normale Neunjährige, sie hatte schon mehr mit ansehen müssen als ein normales Mädchen in ihrem Alter. Seit dem Tag des Unfalls, als sie dabei gewesen war, als ihre Mutter starb, war sie anhänglich wie ein Kleinkind und völlig auf ihn, ihren Papa, fixiert.

Hilde hatte das vom ersten Tag an gestört. Warum hatte sie ihn überhaupt geheiratet? Sie wusste doch, dass es ihn nur im Doppelpack gab. Er musste aber auch zugeben, dass Marie es ihr nicht gerade leicht machte.

Jedenfalls führte das jetzt dazu, dass er Marie mitnehmen musste.

Eigentlich waren sie gerne hier, fast jeden Sonntag, aber bei dem Regen hatte die Kleine auch keine Lust. Wer wollte es ihr verübeln? Inzwischen war Heinz nass bis auf die Unterhosen, er wusste nicht, warum er seinen alten gelben Regenmantel angezogen hatte. Vielleicht hätte er sich auch so ein neumodisches Plastikteil überziehen sollen wie es seine Tochter anhatte, selbst ihr neues Kleid war noch trocken.

Er konnte sich noch genau erinnern, wie er mit Hilde im letzten Dezember auf der Suche nach

Weihnachtsgeschenken gewesen war. Sie hatten schon alles, auch dieses sündhaft teure rosa Kinderfahrrad, das Marie gleich im Schnee ausprobieren wollte – egal, er verdiente in der Bank nicht schlecht. Noch ein Weihnachtsgeschenk war dieser süße Elefant gewesen, den Marie seit drei Monaten überall mit hinnahm. Der war seine Idee gewesen, obwohl Hilde Marie schon für zu alt für Kuscheltiere hielt. Er wusste eben am besten, was sein kleines Mädchen wollte.

Sie waren fast schon aus der Einkaufspassage draußen gewesen, da hatte Hilde dieses geblümte Kleid gesehen. Kaum zu glauben, dass Marie es schon knapp zwei Monate später anziehen konnte. So warm wie in dieser Woche war es im Februar noch nie gewesen. Der Schnee in den Alpen und im Schwarzwald war innerhalb von Tagen geschmolzen. Das – und nicht dieser verdammte Dauerregen – würde bald zu einem gewaltigen Hochwasser führen, da war sich Heinz sicher.

Gerade kam er wieder an einer Prachtvilla vorbei. Die Alte, die dort wohnte, hatte auch den ganzen Tag nichts Besseres zu tun, als aus dem Fenster zu starren. Heinz schielte zu dem Haus, ohne den Kopf zu drehen und siehe da, er hatte recht, sie stand hinterm Fenster. Jetzt winkte sie auch noch. Er beschleunigte seine Schritte, nur schnell vorbei. Und schon beschwerte sich Marie. Sie konnte quengeln wie ein kleines Kind, wenn sie wollte. Er hätte sie nicht mitnehmen sollen. Immerhin war es nun nicht mehr weit, nur noch zwei Kilometer. Wie kam der Typ nur auf diesen Treffpunkt, und warum war er überhaupt schon wieder aus dem Gefängnis draußen? Hatte er nicht zwölf Jahre bekommen? Ihm war fast das Herz stehen geblieben, als er am Montag eine anonyme Nachricht in seinem Briefkasten gefunden hatte. Kein Name, nur die Anweisung, hierher zu kommen und seine Kohle mitzubringen. Woher wusste der Kerl überhaupt, wo er jetzt wohnte? Er hatte sich nicht mal ins Telefonbuch eintragen lassen.

Als sie fast am Treffpunkt angekommen waren, fasste er Marie an der Schulter. „Marie, du musst hierbleiben, Papa ist gleich wieder da. Verstehst du, du musst nur kurz hierbleiben."

Er hatte Marie noch nie allein im Wald zurückgelassen, aber sie nickte tapfer. Sie hatte Angst und war nervös, das merkte er daran, wie sie den Anhänger ihrer Kette drückte. Das hatte sie auch getan, als er sie mit in die Geisterbahn genommen hatte. Klar, das hätte er nicht gedurft. Nach dem Unfall war Marie so schreckhaft geworden, dass es kaum auszuhalten war. Eben nicht wie eine normale Neunjährige.

Er hatte gehofft, die Geisterbahn würde sie weniger ängstlich machen, eine Schocktherapie quasi. Ein schwerer Fehler. Marie war so verängstigt gewesen, dass sie vier Wochen nicht alleine hatte schlafen wollen. Und Hilde war so sauer auf ihn gewesen, dass sie fast eine Woche kein Wort mit ihm gesprochen hatte. In diesem Wagen in der Geisterbahn hatte Marie auch die ganze Zeit mit dem gelben Glasanhänger gespielt.

Heinz strich ihr übers Haar: „Nur fünf Minuten."

Seine Tochter nickte tapfer, dann ging er ohne sie weiter. Nach wenigen Metern warf er einen kurzen Kontrollblick nach hinten, ob sie auch wirklich zurückblieb.

Ein paar hundert Meter weiter saß der Kerl auf einer Bank und blickte ins Tal.

„Ich hab geschrieben, du sollst alleine kommen! Aber wenn das Mädchen dein einziger Begleiter ist, wollen wir mal darüber hinwegsehen."

„Ja, ist sie." Heinz' Mund war trocken, er schwitzte.

Verzweifelt versuchte er, das Zittern seiner Hände zu unterdrücken, aber es gelang ihm nicht. Er wollte souverän und selbstsicher auftreten, doch das ging gründlich in die Hose. Am liebsten wäre er weggelaufen und das konnte er nicht mal ansatzweise verbergen.

„Du siehst nicht glücklich aus, mein Freund, freust du dich nicht, dass sie mich früher rausgelassen haben? Setz dich, wir müssen reden."

Der Mann hatte sich nicht umgedreht, saß fast reglos da, nur sein Arm zeigte neben ihm auf die Bank. Heinz fühlte sich wie ein Schwein auf dem Weg zur Schlachtbank.

Sie saßen schweigend nebeneinander auf der Bank und blickten ins Tal. Heinz schwitzte, als hätte es 40 Grad. Dann sprach sein Gastgeber, ohne seinen Blick vom Tal abzuwenden.

„Wunderschön, der Ausblick. Da merkt man erst, was man in den letzten Jahren alles entbehren musste."

„Ja", krächzte Heinz.

„Aber die Zeit hat sich ja gelohnt, du hast sicher wahre Wunder an der Börse vollbracht. Wie viel hast du aus meinem Geld gemacht?"

„Nun ja, der Finanzmarkt, du musst verstehen ...", stammelte Heinz.

Der andere stand auf. Er war fast einen Kopf größer als Heinz. Seine Glatze zierte eine Narbe, die von einer Weinflasche herrührte, die ein Angreifer auf seinem Schädel zertrümmert hatte. In seinem Gesicht waren noch einige übel aussehende Narben hinzugekommen, seit Heinz ihn zuletzt gesehen hatte. Der Mann bemerkte, wohin Heinz' Blick gewandert war. Er grinste.

„Auch im Knast wissen einige nicht, wo in der Nahrungskette sie hingehören. Ich kann dich echt gut leiden, Kleiner, gib mir keinen Grund, dass sich das ändert. Wo ist mein Geld?", sagte er.

„Aber, du musst verstehen, die Börse ist eingebrochen ...", versuchte Heinz, nun der Panik nahe, sich zu rechtfertigen.

Es war wirklich ein Fehler gewesen, Marie hierher zu schleppen. Plötzlich geriet alles außer Kontrolle. Heinz fing sich einen üblen Schlag in die Magengrube ein, er sackte in sich zusammen. Im Bruchteil einer Sekunde entschied er sich und zog seine Waffe. Seine Lebensversicherung, er hatte sie am Vortag am Bahnhof gekauft. Er war der Meinung, es reiche aus, das Ding zu besitzen. Wie sie funktionierte, wusste er aus dem Fernsehen, man musste nur abdrücken. Er hatte sich den Revolver sogar laden lassen.

Als er sich aufrichtete, hielt er das Ding zitternd in beiden Händen und zielte sogar grob in die Richtung des Angreifers. Er hörte Marie aus der Ferne schreien und drehte sich zu ihr um. Im selben Moment schlug etwas an seiner Schläfe ein, Schmerz explodierte, er drückte ab. Das Letzte, was er sah, war, wie seine Tochter neben der Bank zusammenbrach.

-3-

Juli 1985

Es war ein warmer Sommertag, hunderte Menschen bevölkerten die Heidelberger Fußgängerzone. Vanessa und Maria saßen auf einer der grünen Drahtbänke, die seit Neustem überall in der Stadt aufgestellt waren, und rauchten.

Vanessa hatte im Kaufhaus ein schwarzes Kleid gesehen, das sie unbedingt haben musste. Leider sagte ihr Kontostand etwas anderes.

„Ich kann dir die hundert Mark leihen, aber ich brauch sie zurück", sagte Maria, um gleich darauf unter ihrer vor Freude jubelnden Freundin begraben zu werden. „Okay, aber dann müssen wir uns beeilen, die Bank macht um zwölf Uhr zu", erklärte Maria lachend, als sie sich unter Vanessa herausgewunden hatte.

Wenige Meter vor der Glastür der Bank eilten drei Männer in langen Mänteln an ihnen vorbei. Der Letzte wollte gerade die Tür zumachen, Vanessa konnte ihn gerade noch daran hindern.

„Halt, wir müssen auch noch rein", rief sie.

Was nun passierte, konnte Maria nicht sehen. Der Knall war ohrenbetäubend, dann sank ihre Freundin zu Boden. Das Shirt des Mädchens färbte sich rot, dann zog der Typ die Tür zu. Die Menschen um sie herum rannten in alle Richtungen. Maria bekam davon kaum was davon mit, sie kniete sich zu Vanessa.

An diesem Montag waren zwei Kassierer ausgefallen und so war ein Mitarbeiter aus Mannheim gekommen. Der Anführer der Räuber konnte sich nicht an den pickligen Jungen mit der lächerlichen Brille auf der Nase erinnern, der hingegen wusste genau, wer da maskiert vor ihm stand. In der Grundschule war er mit einem der Räuber in dieselbe Klasse gegangen. Der jedoch konnte sich wohl nicht erinnern, wen er in der Pause zum Spaß verprügelt hatte, aber der Bankangestellte wusste ganz genau, auf wen seine zerbrochenen Brillen aus dieser Zeit gingen.

Die drei waren kaum aus der Bank geflohen, da kannte die Polizei schon den Namen des Anführers der Gruppe.

Vielleicht hätten die drei eine Chance gehabt, unbehelligt zu entkommen, hätte da nicht ein schwer verletztes Mädchen vor dem Eingang der Bank gelegen. Außerdem waren gut ein Dutzend Anrufe bei der Polizei eingegangen, dass vor der Sparkasse geschossen worden war. So kam es, dass das Gebäude rasch umstellt war und die Verbrecher bei ihrer Flucht aus dem Gebäude sofort unter Beschuss gerieten. Sie rannten in Richtung der Heiliggeistkirche und schafften es, in das Gotteshaus zu fliehen.

Die Polizei war einfach zu schnell für die drei und schon zu diesem Zeitpunkt war die Altstadt abgeriegelt, alle Brücken gesperrt und der Bahnhof geschlossen.

Um 13 Uhr stürmte die Polizei die Heiliggeistkirche und im Feuergefecht starben zwei der Räuber. Karl Schulz jedoch, der Boss der Bande, war spurlos verschwunden. Es war ein Rätsel, das noch geheimnisvoller wurde, als Karl auf der anderen Neckarseite mit seinen Käfer von der Polizei gestoppt wurde und sich – obwohl bis unter die Zähne bewaffnet – von einem 60-jährigen Streifenpolizisten widerstandslos festnehmen ließ.

Wo das Geld abgeblieben war, blieb ungeklärt, wie auch die Frage, wie Karl Schulz es über den Fluss geschafft hatte. Der Beamte, der den Käfer in Ziegelhausen angehalten hatte, gab an, dass er den Eindruck hatte, Herr Schulz habe es drauf angelegt, gefasst zu werden.

Schulz wurde zu zwölf Jahren verurteilt. Er saß regungslos die ganzen vier Prozesstage neben seinem Pflichtverteidiger und sagte kein einziges Wort.

-4-

Gabriele war mit Martina Sommer, einer jungen Kollegin der Spurensicherung, über die Straße ans Neckarufer getreten. Sie hielt die Dummheit ihres Partners keine Minute länger aus. Gegen die aufkommenden Gewaltfantasien zündete sie sich eine Zigarette an, die sie von Martina geschnorrt hatte. Eigentlich rauchte sie als Sportlerin nicht. Dieser Typ würde sie noch ins Grab bringen.

Martina zog an ihrem Glimmstängel und blickte schmachtend über die Straße: „Dass du auch immer so ein Glück hast!"

„Was meinst du?", fragte Gabriele, die nicht verstand, was Martina meinte.

Die grinste zu Manfred hinüber. „Ach komm, du darfst mit dem süßesten Mann der ganzen Mordkommission zusammenarbeiten. Wenn das kein Glück ist!"

„Ja, ich könnte kotzen", antwortete Gabriele knapp.

„Weißt du, ob er noch Single ist?", bohrte Martina weiter.

Gabriele nahm ihr Smartphone aus der Tasche und ließ ihre immer noch entzückt schwärmende Kollegin alleine zurück. Als sie außer Hörweite von Martina war, wählte Gabriele die erste Telefonnummer im Telefonbuch. Erwin nahm das Gespräch sofort an.

„Und? Was habt ihr?", meldete er sich ohne Gruß und Vorgeplänkel.

„Du besorgst mir einen anderen Partner oder du verlierst deine beste Ermittlerin an die Staatsanwaltschaft, weil ich ihn töten werde!"

„Langsam, langsam. Er ist noch neu, er arbeitet sich erst ein", beschwichtigte Erwin seine Mitarbeiterin. „Aber was habt ihr nun?"

„Nichts Aktuelles. Ein totes Mädchen, muss schon länger tot sein, hatte ein geblümtes Kleid an", erzählte Gabriele.

Erwin schwieg. Sie wollte schon das Gespräch beenden, als sie eine leicht gequälte Stimme hörte: „Geblümt? Grundfarbe blau?"

„Ja, glaube schon", bestätigte sie verwundert.

„Ich komme zu euch!", sagte ihr Chef und beendete das Gespräch.

Sie schaute ungläubig auf das Telefon. Er bewegte sich aus seinem Büro? Das hatte er schon seit seiner vorletzten Beförderung nicht mehr getan. Verdammt, er hatte sich schon im Bett kaum bewegt, was der wahre Grund für das Ende ihrer Beziehung gewesen war.

Verwirrt und in ihre Gedanken versunken ging sie zurück zum Fundort der Kinderleiche. Auf halben Weg kam ihr Manfred entgegen und verkündete, vollkommen von seinem Urteil überzeugt: „Ich würde sagen, der Baggerfahrer war es nicht! Aber zu hundert Prozent ausschließen kann man es nicht. Ich habe ihm gesagt, er kann gehen, soll aber Heidelberg nicht verlassen."

„Ich fasse es nicht", murmelte Gabriele vor sich hin.

„Was meinst du?", fragte Manfred, der sie offenbar nicht verstanden hatte.

„Hast du gut gemacht, hab ich gesagt", sagte sie laut und fügte dann noch hinzu: „Erwin kommt her, er will sich selbst ein Bild machen."

Die Zeit, in der sie auf ihren Vorgesetzten warteten, verbrachten die beiden unterschiedlich. Während Gabriele versuchte, die Umgebung auf sich einwirken zu lassen, hatte Martina ihre Scheu überwunden und nun erste Tuchfühlung zum Objekt ihrer Begierde aufgenommen. Gabriele wünschte ihr von ganzem Herzen viel Erfolg, vielleicht würde er ja zur Spurensicherung wechseln und sie war ihn los.

So in Gedanken versunken fiel Gabrieles Blick auf einen Erdriss, der sich gut einen Meter über dem Erdloch, in dem sie das Opfer gefunden hatten, auf einer Länge von gut fünf Metern von Ost nach West erstreckte. Sie ging hin und schaute hinein. Der Riss schien tief zu sein.

„Hat jemand eine Taschenlampe?", fragte sie an ihre Kollegen gewandt.

Zu ihrer Überraschung griff Manfred in seine Hosentasche und zog eine kleine Stablampe hervor. Sie leuchtete in den Spalt, konnte aber nichts erkennen, also versuchte sie, mit bloßen Händen etwas Erde zu entfernen.

Dann hörte sie die Stimme des Baggerfahrers: „Geh mal weg Mädchen!", und schon hieb er kraftvoll mit einem Spaten ins Erdreich.

„Was die alles auf ihrem Bagger haben ...", bemerkte Manfred anerkennend.

Schnell war der Spalt so ausgedehnt, dass Gabriele den Kopf hineinstecken konnte. Was sie im schwachen Licht der Taschenlampe erblickte, ließ ihr den Atem stocken. Mit etwas Schwindel hörte sie ihre eigene, heisere Stimme.

„Ruf den Gerichtsmediziner zurück! Und er soll Verstärkung mitbringen, viel Verstärkung!"

Inzwischen hatte Gabriele die ungeteilte Aufmerksamkeit aller vor Ort befindlicher Beamten. So bemerkte niemand, wie ein kleiner, rundlicher Mann mit nur noch sehr spärlichem Haarwuchs sich der Leiche des Kindes näherte. Der Anzug spannte über dem Bauch und sein Atem war schwer, als er sich nach unten beugte. Der Mann nahm ein Polaroid-Foto aus der Tasche und verglich das von den Jahren sehr mitgenommene Kleidungsstück mit dem auf dem Foto abgebildeten. Er nickte. Er hatte gesehen, was er sehen musste. Er wusste nur nicht, ob er sich über die Erkenntnis freuen sollte.

Inzwischen waren auch die Kollegen, die bisher auf das Erdloch gestarrt hatten, auf den Mann aufmerksam geworden. Ein halblautes Murmeln kam auf: „Er kann laufen? Er hat sein Büro verlassen! Ist das Präsidium abgebrannt?"

Gabriele sprach den Neuankömmling an. „Erwin, was ist los? Ist dir nicht gut? Du bist so blass."

„Ich kenne das Opfer", erklärte Erwin.

Alle erwarteten, dass er den Worten noch etwas Erklärendes

hinzufügen würde. Als er schwieg, fasste sich Gabriele ein Herz.

„Woher?", fragte sie. „Wer ist sie?"

„Marie März, sie war mein erster Fall. War schlimm damals. Ihr Vater ist in einem Indizienprozess verurteilt worden. Die Beweislast war erdrückend, aber er hat nie gestanden und er behauptet bis heute, sie wäre entführt worden und noch am Leben. Wohl der Grund, weswegen er nach über 20 Jahren noch immer keine Bewährung bekommen hat."

Januar 1988

Fast drei Jahre hatte Professor Bauer gekämpft und mit den wichtigsten Museen in Europa verhandelt, aber heute war es soweit, die größte Ausstellung über Florenz im Mittelalter, die es je in Deutschland gegeben hatte, wurde eröffnet. Das wurde sie nicht irgendwo in der Bundesrepublik, nein, in seiner Heimatstadt, dort, wo er seinen Lehrstuhl hatte, in Heidelberg.

Er konnte sich noch gut daran erinnern, wie er im Februar 1985 in Florenz gewesen war, die wichtigste Reise seiner beruflichen Laufbahn. Damals war er sehr nervös gewesen und hatte viel zu viel geraucht.

Sein Erste-Klasse-Flug war pünktlich auf dem winzigen Flughafen gelandet. Gerne erinnerte er sich an den Landeanflug durch die sanften, grasbewachsenen und zum Teil bewaldeten Hügel der Toskana. Der Flug in nur sehr geringer Höhe über Florenz gehörte zu dem Schönsten, was er in seinem nicht gerade kurzen oder ereignisarmen Leben gesehen hatte.

Es war Februar gewesen, doch die Bäume waren grün, das Thermometer zeigte angenehme 20 Grad und die Sonne stand am wolkenlosen Himmel. So ungefähr stellte sich Alfred das Paradies vor. Kein Wunder, dass es die mächtigsten, die talentiertesten Personen des Mittelalters genau hierher gezogen hatte.

Der Professor hatte ein Zimmer in einem Fünfsternehotel inmitten der Altstadt gehabt, direkt am Ufer des Arno. Das Zimmer war an Prunk und Luxus nicht zu überbieten: Kronleuchter, rote Samtvorhänge, Perserteppiche; bis hin zu den Gemälden an den Wänden war hier alles vom Feinsten. Der Zimmer-Butler hatte seine Kleidung vom Koffer in den begehbaren Kleiderschrank geräumt.

An diesem Abend hatte er Luca Skalletti getroffen, den Kurator der Villa Medici. Eine Begegnung, die sein Leben verändert hatte. Das Wichtigste war schon von ihren Assistenten ausgehandelt und besprochen worden, doch der Professor fand an diesem Abend einen Seelenverwandten, einen Freund.

Seit Wochen schon wurde die Heiliggeistkirche, der Ort der Ausstellung und selbst Motiv einer Zeichnung eines wenig bekannten Verwandten der Medici, zu einer Festung umgebaut. Die Ausstellung galt mit ihren unbezahlbaren Werken von Dante Alighieri, Leonardo da Vinci und den Medici als nicht versicherbar. Die größte deutsche Versicherung hatte schriftlich und nicht ohne Sarkasmus auf seine Anfrage geantwortet, dass sie vielleicht ein Haus gegen Hochwasser im Überflutungsraum eines Flusses abschließen würden, zumindest könnte man mit ihnen über dieses Ansinnen reden, über sein konkretes Problem jedoch keinesfalls.
Die Auflagen, welche die anderen Versicherungen forderten, waren nicht erfüllbar, unter anderem bewaffnete Wachen rund um die Uhr, und auch die Anforderungen an den Ausstellungsraum waren in einer Kirche nicht umzusetzen. Letztlich konnte Alfred doch den Deckungsschutz sicherstellen und war daher besonders stolz auf seinen Deal mit einer lokalen Versicherung.

Wieblingen, einer der besseren Vororte Heidelbergs. Ein Streifenwagen mit eingeschaltetem Blaulicht und heulendem Martinshorn raste durch das Neubaugebiet.

„Verdammt, Hans, musst du so schnell fahren? Gib meinem Kaffee doch wenigstens eine kleine Chance, dort hinzukommen, wo er hin soll!", beschwerte sich Claudio bei seinem Kollegen, der mit Vollgas die Bodenwellen im verkehrsberuhigten Bereich des Ortes nahm und mit jeder Welle einen weiteren Schluck der heißen schwarzen Flüssigkeit erst in Richtung Wagenhimmel und dann auf Claudios Diensthose beförderte, was zunehmend schmerzhaft wurde.

Die beiden Beamten waren gerade in einer Bäckerei gewesen, um sich ihr Abendessen zu besorgen. Sie hatten eine Zwölf-Stunden-Nachtschicht vor sich und eigentlich erst um 18 Uhr Dienstbeginn, als über Funk der Ruf von der Zentrale kam.

„Das war ein stiller Alarm!", rechtfertigte sich der Ältere der beiden, der gerade den Streifenwagen über eine weitere Bodenwelle springen ließ. „Wenn wir den kriegen, ist es fast immer ernst."

Seltsam war jedoch, dass, als sie nur wenige Minuten nach Eingang des Alarms bei dem Anwesen ankamen, die Gartentür und die Einfahrt fest verschlossen waren. Nichts deutete darauf hin, dass jemand gewaltsam eingedrungen war. Der Zaun war massiv, gut zwei Meter hoch und alarmgesichert und an jeder Ecke des Grundstücks hingen Kameras. Hans betätigte die Sendetaste am Funkgerät.

„Zentrale für Wagen 15", sagte er.

„Wagen 15, hier spricht die Zentrale."

„Wir sind vor Ort. Gab es weitere Alarme von diesem Objekt oder Kontakt zum Besitzer?"

„Negativ, Wagen 15. Kein weiterer Alarm, Besitzer nicht erreichbar", antwortete die Zentrale.

„Okay, over and out!" Er wartete die Erwiderung nicht mehr ab.

In diesem Moment kam ein winziger Wagen eines ortsansässigen Sicherheitsdienstes um die Ecke. Dem Auto entstieg ein Wachmann, der im Gewicht dem seines Fahrzeuges sehr nahekam. Die Beamten konnten hören, wie die Stoßdämpfer sich deutlich entspannten, als der Koloss sich aus den Wagen gewuchtet hatte.

„Moin", grüßte der Dicke knapp und bemerkte dann, schon etwas außer Atem aufgrund der gewaltigen sportlichen Anstrengung: „Muss nur den Schlüssel holen."

Mit diesen Worten als Erklärung watschelte er zum Kofferraum seines Kleinwagens, öffnete ihn und beugte sich hinein, wobei er den Blick auf ein beeindruckendes Maurerdekolleté freigab.

Claudio wandte sich entsetzt ab. „Für so was verdiene ich eindeutig zu wenig Geld!"

Hans stimmte ihm mit einem Nicken zu.

Nach einer halben Ewigkeit zog der Revierfahrer einen riesigen Schlüsselbund aus dem Kofferraum und gab ihn den Beamten mit den Worten: „Einer von denen ist es."

„Etwas genauer geht's auch?", fragte Hans mit deutlich genervtem Unterton.

„Ja, wartet, ich hab vorne im Wagen einen Ordner, in dem alle Schlüssel aufgelistet sind." Und schon watschelte er wieder los, diesmal in Richtung Beifahrertür.

Hans überschlug kurz, es konnten kaum mehr als 60 Schlüssel an dem Ring sein. „Lass gut sein, wir finden schon den Richtigen", erklärte er und ging zum Fußgängertor.

Er hatte Glück, schon der fünfte Schlüssel, den er probierte, passte, und das Glück hielt an, denn derselbe Schlüssel öffnete auch die Haustür. Sie betraten einen Eingangsbereich.

Hans pfiff durch die Zähne. „Oh ja, hier ist Geld zuhause!", verkündete er nach dem ersten Blick ins Anwesen.

Sie standen in einer Halle. Vor ihnen stieg eine breite Treppe aus feinstem Marmor empor. Auf jedem Stock gingen zur rechten und linken Balkone ab, die im Halbkreis zur Front des Hauses führten. Von diesen Balkonen führten Türen zu den Zimmern. Über sich erblickten die Beamten eine Glaskuppel, durch die sie in den Abendhimmel schauen konnten.

„Welche Vergütungsgruppe hat eigentlich ein Professor?", fragte Claudio.

Hans zuckte die Achseln, dann rief er in die Stille: „Herr Bauer, hier ist die Polizei! Brauchen Sie Hilfe?" Er bekam keine Antwort. Dann sagte er in Zimmerlautstärke zu seinen Kollegen: „Sei's drum, schauen wir nach."

Im Erdgeschoss war ein Raum, in dem der Professor allem Anschein nach Besuch empfing. Ein gemütliches Zimmer mit einem niedrigen Glastisch, teuren Ledersesseln und einer gut ausgestatteten Bar in der Ecke. Außerdem fanden sie einen Speisesaal, in dessen Mitte ein langer Tisch aus Eichenholz stand. Aber es gab an diesem Tisch nur einen Stuhl und der stand am Kopfende der Tafel mit dem Rücken zum Panoramafenster. Daneben war eine modern eingerichtete Küche.

„Gekocht wird hier wohl nicht", stellte Hans fest, als er die leeren Arbeitsflächen ansah. Er öffnete ein Schubfach und zog den Mülleimer vor. „Leer", sagte er.

Claudio öffnete den Kühlschrank. Auch hier herrschte Leere, bis auf ein Päckchen Kaffee. „Wer stellt denn Kaffee in den Kühlschrank?", fragte er, ohne eine Antwort zu bekommen.

Ein Raum weiter war das Arbeitszimmer. Auch dieses war menschenleer, nur waren alle Zimmer, die sie bisher gesehen hatten, steril, sie wirkten fast unbewohnt. Ganz anders war es hier, es sah aus, als hätte ein Kampf auf Leben und Tod stattgefunden. Bilder waren von den Wänden gefallen, Schubladen waren aus dem Schreibtisch gerissen und der Inhalt achtlos auf den hellen Teppich ausgekippt. In der

Mitte des Raums tränkte den Teppich ein rötlicher, ins Braun gehender Fleck.

„Das ist nicht gut", stellte Hans fest. „Rufen wir Verstärkung."

Kurze Zeit später, nur wenige Kilometer entfernt, bekam Erwin einen Anruf, der ihm gar nicht schmeckte. Er kannte den aufgeblasenen Affen nicht, aber so, wie er sich aufführte, schien es ein echt hohes Tier zu sein. Das Ende dieses Gesprächs war, dass zwei Männer von der Spurensicherung abgezogen wurden, um im Haus von so einem reichen Bonzen, der dumm genug war, sich entführen oder ermorden zu lassen, nach Spuren zu suchen. Erwin kochte vor Zorn, aber es half nichts.

Gerade kamen zwei junge Beamte aus dem mobilen Labor und er rief sie zu sich. Im Näherkommen bemerkte er, dass einer in einem Plastikbeutel eine Kette mit einem großen gelben Glasanhänger trug. Er hatte keine Ahnung, wie die beiden hießen, er hoffte einfach, dass sie wussten, wer er war. Kurz darauf waren die zwei auf dem Weg nach Wieblingen, nachdem der eine Erwins Blutdruck in bisher nie gekannte Höhen getrieben hatte, indem er erklärte, sie müssten erst Martina Sommer fragen, ob sie gehen dürften. Nach einer kurzen Unterweisung über Hierarchie, Dienstweg, Dienstbestimmungen und Weisungsbefugnis der Heidelberger Kriminalpolizei war dieses Problem geklärt.

Als Viktor und Thomas zur Verstärkung ihrer beiden Kollegen das Anwesen des Professors erreichten, stellte sich ihnen ein Mann von einem Sicherheitsdienst in den Weg. Der Typ, das merkte Thomas schon nach den ersten zwei Sätzen, war mindestens so dumm, wie er fett war. Und dieser Kerl *war* fett. Es hatte mal einen Manager von einem Fußballwerksklub gegeben, der wäre neben diesem Koloss als magersüchtig durchgegangen.

Es dauerte fast eine Viertelstunde, bis sie ihm erklärt hatten, dass man auch Polizist sein konnte, ohne Uniform zu tragen. Dann noch mal zehn Minuten, bis er ihnen glaubte, dass sie in dieses Haus hineindurften. Geglaubt war übertrieben, als der Fette bemängelte, dass sie nicht mal Waffen hätten, verlor Thomas einfach die Lust. Er nahm dessen Hand, drückte auf einen bestimmten Punkt und der Fleischberg jaulte auf und ließ sich widerstandslos aus dem Weg führen. Das Letzte, was sie mitkriegten, war, dass er die Polizei rufen werde.

„Gut", meinte Thomas, „wenn die Kollegen kommen, können sie diesen Trottel gleich mitnehmen."

Als die zwei in der Villa waren, hörten sie lautes Fluchen und ein Geräusch, das verdächtig nach splitterndem Holz klang. Thomas eilte zu der Tür, hinter der das Gebrüll zu hören war. Dort vernahm er eine zweite Stimme, die sagte: „Jetzt zieh mal wie ein Mann!" Er öffnete die Tür, sah hinein und schloss die Augen, um es nicht sehen zu müssen.

Zwei Uniformierte rissen an einem Tatort die Inneneinrichtung ab. Er räusperte sich, es wurde schlagartig leise, aber nur kurz, der Ältere der beiden drehte sich zu ihm und brüllte: „Was?"

Thomas war ganz ruhig. „Habt ihr das auf der Polizeischule gelernt? Beweissicherung, wurde das bei euch unterrichtet?"

„Ja", sagte der Jüngere. „Aber das machen eh die von der Spurensicherung."

Lautstark brach die Rückwand des Schranks zusammen und gab den Blick auf ein geheimes Zimmer frei.

„Wusste ich es doch!", sagte der Ältere.

Doch die Verwirrung wurde noch größer, denn es handelte sich um ein Kinderzimmer: Spielzeug, Puppen und Kuscheltiere und an den Wänden Poster von Michael Jackson und Boygroups aus dem letzten Jahrtausend. In der Mitte stand ein Himmelbett mit rosa Vorhängen und Laken und Bezügen im selben Farbton. Auf der Bettdecke thronte, sodass er unmöglich zu übersehen war, ein weißer Plüschelefant, bekleidet mit einer blauen Latzhose. Es machte den Eindruck, als wäre der Elefant der einzig benutzte Gegenstand in diesem Raum.

„Was zur Hölle ist das?", fragte Thomas in die Runde.

Er trat in das Zimmer, um sich den Elefanten aus der Nähe anzusehen. Gerade als Hans, mit Abstand der älteste hier, sagte: „Den Elefanten kenn ich, den hab ich schon mal gesehen", fiel Thomas' Blick auf einen leblosen Mann, der hinter dem Bett auf dem Teppichboden lag.

Langsam umrundete er das Bett. Das Opfer lag auf dem Rücken, das teure Hemd von Olymp war blutdurchtränkt.

„Alle raus hier. Und Viktor: Ruf diesen Tillmann an, wir brauchen die Rechtsmedizin hier für eine Leichenschau."

„Mord?", fragte Hans tonlos. Jetzt bereute er wohl den zertrümmerten Eingang.

Gabriele und Manfred sahen sich erst den Tatort an und befragten dann die Nachbarn, die erschreckend wenig über den Bewohner der Villa hinter dem hohen Zaun wissen wollten. Ein Pärchen, beide lange Haare und Birkenstock-Schlappen, was in Anbetracht der Jahreszeit und Temperatur schon als etwas ungewöhnlich gelten konnte, erklärte lang und breit, wie wenig sie von einem Überwachungsstaat hielten. Eigentlich waren es die Kameras am Grundstück des Mordopfers, die ihren Zorn erregten.

Eine ältere Dame auf der anderen Straßenseite konnte erste brauchbare Informationen liefern.

„Ich habe in den letzten Wochen öfters einen Porsche in der Einfahrt stehen sehen", verkündete die Zeugin. „Ich beobachte meine Nachbarn nicht, aber bei so einem auffälligen Auto. Und was für eine fürchterliche Person aus diesem Luxusschlitten aussteigt. Das kann keine anständige

Frau sein, fast nackt kommt die. Und Sie müssen wissen, der Herr Professor ist ja nicht verheiratet und diese Dame bleibt über Nacht. Können Sie sich das vorstellen?!"

„War die Dame heute da?", stoppte Gabriele den Redefluss, als sich die Alte gerade einen Keks in den Mund schob.

„Ja, wissen Sie, das weiß ich gar nicht. Die Schmitts von der Rückseite hatten Gartenparty und da musste ich ja sehen, ob es was Neues gibt. Also nicht, was Sie denken, aber Sie müssen wissen, die Tochter ist 14 und hat einen Freund, so was hat es zu meiner Zeit nicht ..."

„Ja", fiel Gabriele ihr ins Wort, Teenagerliebschaften interessierten sie nun gerade überhaupt nicht. „Das Kennzeichen des Porsche, können Sie sich daran erinnern?"

„Erinnern nicht, aber ich schreibe mir ja alles auf. Zum Beispiel diese Schwulen von schräg gegenüber, nicht, dass ich was gegen die habe, aber deren Köter bellt immer, wenn er mich sieht. Der Hund kann ja nichts dafür, dass er in einem solchen Haus leben muss. Aber stellen Sie sich vor, die lassen ihren Hund auf die Straße kacken und machen es nie weg. Ich habe eine Liste mit Datum und Uhrzeit, kann ich die Ihnen auch geben ..."

Gabriele riss nun endgültig der Geduldsfaden und sie nahm der Alten das Notizbuch aus der Hand, in dem sie Datum, Uhrzeit, Fahrzeugtyp und das Kennzeichen fand und in ihrem eigenen Heft notierte.

Als die das Haus verließen, meinte Manfred: „Nun, wenn die ermordet wird, fehlt es uns ganz sicher nicht an Motiven."

„Und auch nicht an Verdächtigen", ergänzte Gabriele, während sie Erwin anrief und das Stuttgarter Nummernschild des Porsche durchgab.

Erwin ließ nicht lange auf sich warten. „Der Wagen ist auf eine Nadine Keller zugelassen. Die Frau ist interessant: Zwei Mal verwitwet, beide Male waren die Ehemänner sehr alt und reich. Und fragt mich nicht, woher ich das weiß. Jedenfalls, die Kollegen aus Stuttgart kümmern sich schon um sie."

Eine Stunde später kam die ernüchternde Meldung aus der Landeshauptstadt. Nadine Keller hatte über den gesamten Nachmittag ein Modeshooting, was der Fotograf auch schon bestätigt hatte.

Doch die schlimmste Enttäuschung stand den Kommissaren noch bevor. Als ihnen einer der jungen Beamten der Spurensicherung sagte, dass die Kameras nur Attrappen seien und nichts aufzeichneten, hatte Gabriele für den Tag genug. Sie fuhren zurück ins Präsidium.

7

Es war inzwischen Nacht geworden. Erwin saß noch immer in seinem Büro. Ein Blick auf seine Armbanduhr verriet ihm, dass es schon nach 22 Uhr war. Er hatte sich die Akte „Vermisstenfall Marie März" bringen lassen und als erste Amtshandlung „Vermisstenfall" gestrichen und durch „Mordfall" ersetzt. Dass dieser Elefant ausgerechnet heute, am selben Tag, an dem Maries Leiche gefunden wurde, wieder auftauchte, ließ dem erfahrenen Leiter der Mordkommission keine Ruhe.

Erwin hatte in seinen über 25 Dienstjahren eines gelernt: Nichts passierte ohne Grund.

Wie also passte dieser Professor Doktor Alfred Bauer in den Fall? Einer der bedeutendsten Historiker Heidelbergs, weit über die Stadtgrenzen hinaus bekannt. Nur strafrechtlich war er in über 70 Lebensjahren nie aufgefallen. Das war schon fast auffällig unauffällig. Normalerweise fand man in den Akten von Leuten seines Standes Vergehen wie Trunkenheitsfahrten, Besitz nicht gerade geringer Mengen von Kokain oder schiefgegangene Fessel- und Fäkalienspiele mit Prostituierten. Bei ihm nicht. Verdammt, der Kerl hatte nicht mal einen Strafzettel wegen Falschparkens.

Und da waren Tatsachen, die nicht zu leugnen waren. Der Professor war nie verheiratet gewesen, er hatte keine Kinder, kein Nachbar hatte je ein Kind auf dem Grundstück gesehen und doch lag da versteckt hinter einem Schrank ein Kinderzimmer.

Es war klar, in welche Richtung die Ermittlungen gehen würden. War der angesehene Historiker pädophil? Hatte er vielleicht über Jahre ein kleines Mädchen bei sich zu Hause gefangen gehalten? War der Vater dieses Kindes zu Unrecht seit über 20 Jahren im Gefängnis? Und wenn das stimmen sollte, hatte der Professor sie getötet?

Um Erwin drehte sich alles. Abwegige Gedanken schossen ihm in den Kopf. Er hatte sich vor 23 Jahren bis zuletzt an den

Strohhalm geklammert, dass Marie noch am Leben sein könnte. Wo wäre sie dann heute? War sie irgendwann freigekommen und hatte sich jetzt gerächt? Wenn dem so war, warum erst jetzt? Wer war dann das Mädchen, das im Tunnel lag? Und warum hatte sie Maries Kleid an? Vielleicht sollte er den Namen der Akte doch wieder ändern?

Erwin schob seine absurden Gedankenspiele beiseite und versuchte sich wieder auf das Wesentliche zu konzentrieren. Mit mäßigem Erfolg. Er sah schon die BILD-Überschrift vor seinem inneren Auge: „Kinderschänder und Kindermörder – Das Doppelleben des braven Heidelberger Professors." Vielleicht noch mit Untertitel: „So führte er sie alle an der Nase herum."

Dann fragte er sich, ob das alles in eine BILD-Überschrift passte oder ob man es vielleicht prägnanter formulieren müsste. Egal, der Skandal, wenn die Geschichte nur annähernd so ausgehen würde, wie es nach Sachlage aktuell aussah, würde Köpfe kosten. Zuerst wohl seinen eigenen.

Geheim würde sich die Sache nicht halten lassen, auf dem Grundstück waren Leichenspürhunde. Hans und Claudio hörten sich an der Uni und im Historischen Museum um, ob Professor Bauer jemals Frauen oder Mädchen belästigt oder zumindest mal Andeutungen in diese Richtung gemacht hatte.

Erwin blätterte um. Er las die Aussage zum Tatvorwurf gegen Heinz März. Der sollte mit Marie am 12. Februar 1992 den Philosophenweg in Richtung Ziegelhausen gelaufen sein. Warum er dies im Dauerregen tat, hatte er nie beantwortet. Im Wald hätte ihm jemand aufgelauert, der große Unbekannte, und hätte ihn von hinten bewusstlos geschlagen.

Ob er sich vorstellen könne, wer das gewesen sein könnte, hatte der Richter gefragt, wieder keine Antwort. März wollte danach orientierungslos aufgewacht sein, Marie wäre verschwunden gewesen.

Wo er die vier Tage nach dem Überfall gewesen sei und warum er das Verschwinden von Marie nicht sofort bei der

Polizei angezeigt hatte, als er wach wurde – nichts, keine Antworten auf diese Fragen.

Als Erwin sich das heute durchlas, klang es für ihn fast so, als hätte Heinz März nicht mal versucht, dem Gefängnis zu entgehen.

Am Ende brach die Aussage einer jungen Escort-Dame März das Genick. Diese wollte ihn in den frühen Morgenstunden gesehen haben, er sollte Marie huckepack an ihr vorbei getragen haben, als sie gerade zwischen zwei Kunden eine Zigarettenpause machte. Letztere konnten niemals ausfindig gemacht werden. Klar, dachte Erwin, damals eine sehr dünne Story, aber wenn das die Wahrheit war, hätte man Marie vielleicht noch helfen können, indem man weiter ermittelte.

Wenn nur er damals weiter ermittelt hätte.

Erwin fühlte sich auf einmal schlecht, sehr schlecht. Er fühlte sich schuldig.

8

Februar 1992

Heinz erwachte auf der Bank liegend. Er war völlig durchnässt. Marie war verschwunden. Mühsam richtete er sich auf. Alles tat ihm weh. Verzweifelt rief er nach seiner Tochter, aber er bekam keine Antwort. Aus dem Augenwinkel bemerkte er etwas und sah nach unten. Vor ihm auf dem Boden lag ein feuchter Zettel. Heinz hob ihn auf und versuchte, das sich auflösende Papier zu entziffern.

Die ersten Worte waren nicht mehr lesbar, erkennen konnte er noch „Göre" und „wiedersehen", die Worte dazwischen waren völlig verschwommen. Heinz betete zu Gott, dass da „lebend", „lebendig" oder „gesund" stand. Dann konnte er noch „mein Geld" lesen.

Dieses verdammte Geld. Wo sollte er jetzt so viel hernehmen? Er hatte nichts. Am liebsten hätte er seinem Leben auf der Stelle mit seiner Schusswaffe ein Ende gesetzt. Erst jetzt bemerkte er, dass auch der Revolver nicht mehr da war. Er sah sich um, doch dieses verdammte Ding war weg. Also vergrößerte er seinen Radius und spähte den Hang hinab. Etwa 30 Meter unter sich erblickte Heinz etwas Weißes, einen kleinen Elefanten. Ihm schossen Tränen in die Augen und er atmete tief ein. Jetzt musste er alle Kraft aufbringen, um Marie noch zu retten, da konnte er nicht hier stehen und in Selbstmitleid versinken.

Als Erstes wollte er den Elefanten holen, Marie sollte nicht auch noch ihr geliebtes Kuscheltier verlieren. Mühsam schlitterte er durch den tiefen, morastigen Boden nach unten. Als er sich nach dem Elefanten bückte, bemerkte er frische Fußspuren und ihm wurde klar, dass das Kuscheltier nicht hier runtergeworfen worden war. Marie musste es verloren haben, als dieser Mistkerl sie entführt hatte. Und wenn sie den Elefanten bis hierher hatte halten können, dann hatte sie auch noch gelebt. Erleichterung machte sich in ihm breit.

Wohin mochten die Spuren im Matsch führen? Heinz war so aufgewühlt, dass er um ein Haar den Elefanten liegengelassen hätte. Er packte das Kuscheltier und machte sich auf den Weg.

Der Entführer war steil bergab gegangen. Heinz glaubte schon, die Spur zu verlieren, als er bemerkte, dass sie zur Straße führte. Eigentlich ging er davon aus, dass der Kerl nicht die Deckung des Waldes aufgeben würde, aber es waren nur noch wenige Meter bis zur Uferstraße. Zudem war der Tag im Grunde optimal, so schnell, wie der Fluss anstieg, achtete keiner auf einen Mann, der ein schlafendes Kind auf den Armen trug.

Aber es kam anders. Zehn Schritte weiter, nur noch wenige Meter von der viel befahrenen Uferstraße entfernt, hinter Felsen und Büschen vor den Blicken der Verkehrsteilnehmer geschützt, war der Typ anscheinend verweilt, hier war Fußabdruck über Fußabdruck.

Heinz ging hin, spähte zwischen die Felsen und traute seinen Augen nicht: Da war eine Öffnung. Er beugte sich nach vorn und blickte in einen Schacht, der nur knapp einen halben Meter maß und steil in die Tiefe führte.

„Marie! Marie, bist du da unten?", rief Heinz in die Schwärze.

Als er schon nicht mehr daran glaubte, eine Antwort zu bekommen, hörte er leise, ganz leise die Stimme seiner Tochter: „Papi?!"

„Marie, ich komme! Ich hol dich da raus!" Mit diesen Worten schwang er erst sein linkes und dann sein rechtes Bein in die Öffnung.

Heinz hatte sich keine Gedanken gemacht, wie er in die Tiefe klettern sollte und wie sich herausstellte, brauchte er das auch nicht. Erst rutschten seine Füße ab, dann verlor er den Halt. Er fiel in die Tiefe, schlug schmerzhaft an Felsen und kam nur wenige Zentimeter neben seiner Tochter auf dem

Boden eines Tunnels auf, in dem sie nun beide gefangen waren. Sehen konnten sie zwar in der absoluten Finsternis, die sie umgab, nichts, aber sie fanden und umarmten sich.

Nachdem Marie wieder von ihm abgelassen hatte, tastete Heinz seine Umgebung ab. Die Wände waren mit Brettern abgestützt und soweit er das abschätzen konnte, waren diese stabil. Der Gang führte in die eine Richtung leicht abwärts und in die andere etwas aufwärts. Heinz überlegte. Er musste mindestens fünf Meter gestürzt sein. Er vermutete, dass sie nicht mehr weit über dem Wasserstand des Neckars waren. Und so stolperten sie den Gang aufwärts. Anfangs war die Steigung moderat, das änderte sich jedoch, je weiter sie gingen.

Wie weit sie liefen, wie lange oder in welche Richtung, wusste Heinz nicht, und auch wenn er es in der endlos erscheinenden Zeit in dem Gang nicht mehr glauben konnte, dieser Tunnel hatte ein Ende. Eine Holztür, die sich aufdrücken ließ.

Mittlerweile hatten sich Heinz' Augen ein wenig an die Dunkelheit gewöhnt. Er fragte sich, ob das in absoluter Finsternis überhaupt biologisch möglich war oder ob von irgendwo Licht eindrang. Immerhin waren sie eine gefühlte Ewigkeit bergan gelaufen, vielleicht waren sie dem Tageslicht schon ganz nahe?

So oder so, nun konnte er zumindest erkennen, dass der Raum, den sie beschritten hatten, rund war. Er tastete die gemauerten Wände ab. Auf der gegenüberliegenden Seite des Raumes gelangten sie an eine Tür ähnlich der, durch die sie gekommen waren. Sie war verschlossen. Wieder musste sich Heinz anstrengen und seine gesamte Willenskraft aufbringen, nicht auf der Stelle zusammenzubrechen.

Er schaute sich weiter um. Auf dem Boden konnte er schemenhaft eine kleine Kiste erkennen. Heinz überlegte kurz, ob er mit der Kiste die Tür einschlagen konnte, erinnerte sich aber dann, wie schwer und massiv die Tür gewesen war, durch die sie gekommen waren, und verwarf den Gedanken. Er tastete weiter die Wand ab und fand schließlich einen großen Hebel. Würde dieser die Türe öffnen? Unwahrscheinlich, denn die hatte ein Schlüsselloch. Egal, sie mussten es ausprobieren, was blieb ihnen übrig?

Heinz nahm all seinen Mut zusammen und zog unter Aufbringung seiner letzten Kräfte den Hebel, so fest er konnte, nach unten. Dann passierte es: Die Decke schwang zur Seite und gab den Blick auf Regenwolken frei. Noch nie in seinem Leben hatte er sich so über Regentropfen in seinem Gesicht gefreut.

Und die Glückssträhne hielt an. Als die Decke vollends zur Seite geschwungen war, fiel eine Strickleiter zu ihnen hinab. Sie sah alt und spröde aus. Ob die Leiter sie beide halten würde? Heinz war unsicher. Aber er musste es testen. Sie waren so weit gekommen, zu weit, und er hatte sich nicht Stunden durch diesen Tunnel gequält, um hier unten einfach kampflos zu sterben. Oder waren es nur einige Minuten gewesen? Er hatte sein Zeitgefühl komplett verloren. Eines jedoch war ihm klar: Sie mussten so schnell wie möglich hier raus, denn sein Widersacher konnte jederzeit wiederauftauchen.

Und dieses Mal hatte der andere die Knarre, nicht Heinz.

Vorsichtig zog er an der Strickleiter. Sie fühlte sich stabil an. Er setzte einen Fuß auf die erste Sprosse, zunächst zaghaft, dann fester, zog sich mit beiden Armen ein Stück hoch, setzte den zweiten Fuß dazu. Die Leiter hielt. Ein Schritt nach oben, zwei Schritte, die Leiter hielt. Heinz war euphorisch, er kletterte immer schneller. „Marie, Papa ist gleich wieder da!", rief er, schon halb oben, seiner Tochter zu, ohne sie recht anzuschauen.

Die Leiter endete wenige Zentimeter unter der Öffnung und nun war Heinz sich sicher: Sie waren frei!

Er kletterte wieder nach unten, um Marie zu holen. Würde die Leiter sie beide aushalten oder sollte er das Kind vorwegschicken? Am Klettergerüst auf dem Spielplatz war die Kleine immer der Star gewesen, aber würde sie auch in dieser Situation die Nerven bewahren?

Als Heinz unten angekommen war, nahm er sich die Zeit, Marie im Mondlicht erst einmal richtig zu mustern. Er erschrak: Zwar stand sie da, als ob nichts gewesen sei, ihren Stoffelefanten fest in den Armen, doch ihre Schläfe war voller Blut. Zu seiner Erleichterung war es getrocknet und das bedeutete wohl, dass die Wunde aufgehört hatte zu bluten. Heinz schämte sich dafür, dass er seine Tochter zu dem Treffen mitgeschleppt hatte und dafür, was er ihr damit angetan hatte. Jetzt schossen doch Tränen in seine Augen.

Aber als Marie ihn anschaute, strahlte sie über das ganze Gesicht, nahm ihren Vater kurz innig in den Arm, drückte ihm den Elefanten in die Hand, begann die Strickleiter hochzuklettern und war schnell über die Schwelle verschwunden.

Immerhin, diese Entscheidung war Heinz abgenommen worden. Warum er dann noch die kleine Holzkiste an sich und mit nach oben nahm, wusste er selbst nicht.

9

Am nächsten Morgen kam Gabriele wie jeden Tag um sieben Uhr als Erste ins Büro. Manfred würde frühestens in einer Stunde auftauchen und es wäre ihm anzusehen, dass er mehr Zeit im Badezimmer verbracht hatte als sie selbst. Erwin bekäme man nicht vor neun zu sehen und er würde wie aus dem Bett gefallen wirken und als erstes zum Kaffeeautomaten gehen.

Als sie den Schlüssel ins Schloss steckte, stellte sie überrascht fest, dass die Tür unverschlossen war. Sie würde eine Mail an die Putzfirma schicken, so etwas durfte nicht passieren.

Von drinnen erklangen Stimmen, also öffnete sie schnell die Tür. Was sie sah, ließ ihr den Mund offen stehen. Manfred saß an seinem Schreibtisch. Er wirkte, als hätte er die Nacht durchgemacht. Vor ihm saß Martina. Die gehörte zwar nicht hier rein, aber um das auszudiskutieren war es zu früh. Auch sie sah aus, als hätte sie nicht geschlafen. Nach einem Blick in das übernächtigte Gesicht und auf das obligatorische dümmliche Grinsen der Kollegin von der Spurensicherung wusste sie bescheid. Es blieb nur zu hoffen, dass die beiden wenigstens verhütet hatten.

Das alles war eindeutig zu viel Information am frühen Morgen für ihr noch nicht ganz hochgefahrenes Gehirn. Sie wandte sich zum Kaffeeautomaten und entdeckte Erwin. Wenigstens der sah aus wie immer. Gabriele schaute auf ihre Uhr, vielleicht hatte sie ja verschlafen. Dann hob sie ihre Swatch ans Ohr, um zu horchen, ob das billige Teil stehen geblieben war. Beides war nicht der Fall.

Also stellte sie die Frage, die sich aufdrängte: „Was ist hier los? Vollmond und keiner kann schlafen?"

Wortlos drückte ihr Erwin eine dünne Akte in die Hand. Gabriele nahm den Autopsiebericht, setzte sich und las. Ihr war nicht bewusst, dass ihr Vorgesetzter reglos vor ihr stand und ihr beim Lesen zusah.

Erst, als sie die Mappe schloss, fragte er: „Ist dir etwas aufgefallen?"

„Die Kleine saß im Rollstuhl? Ihre Wirbelsäule war von Krebs zerfressen? Wenn ich richtig lese, war das ein todkrankes Kind und es gibt kein Anzeichen für einen Mord."

Erwin nickte. „Es gibt Mordmethoden, die man nach der langen Zeit an einer skelettieren Leiche nicht mehr oder nur noch schwer nachweisen kann. Er hätte sie zum Beispiel erwürgen können und bestimmt gibt es auch Gifte, die nicht nachzuweisen sind", sagte er.

„Und die Kleine saß im Rollstuhl?", hakte Gabriele nach.

„So steht es im Bericht und dem müssen wir wohl glauben", antwortete Erwin, um dann sehr bedacht zu sagen: „Nur, ich habe damals mit der Zeugin gesprochen, die das Kind zuletzt lebend gesehen hat, mal abgesehen vom Mörder. Diese Frau hatte gesehen, wie die Kleine mit ihrem Vater den Philosophenweg hochlief. Sie sagte, das Mädchen sei gelaufen."

„Gut, vielleicht konnte es ja noch unter Schmerzen laufen. Die Leiche lag fast ein Vierteljahrhundert in diesem Erdloch, vielleicht war der Krebs noch nicht so weit fortgeschritten, wie es jetzt aussieht. Gehen wir zu der Zeugin und fragen sie, ob die Kleine gehumpelt hat oder ob ihr sonst irgendwas aufgefallen ist. Etwas, das darauf hinweist, das sie Schmerzen hatte."

„Gute Idee", sagte Erwin. „Aber sie ist tot, Selbstmord, nicht mal eine Woche nach meinem Verhör."

„Du hast die Zeugin so hart rangenommen? Respekt", beteiligte sich Manfred wenig geistreich am Gespräch.

Erwin schüttelte den Kopf, ging aber nicht weiter auf den Kommentar ein und wechselte das Thema. „Ich habe mich gestern geirrt, der Mörder ist noch im Gefängnis. Und weder nach 15 noch nach 20 Jahren hat er einen Antrag auf Begnadigung gestellt."

„Warum das? Als Kindsmörder ist der Knast bestimmt kein

Ferienlager, in dem man länger als nötig bleibt", warf Gabriele ein.

„Kannst du laut sagen. Im ersten Jahr war er dreimal im Krankenblock. Und jetzt sitzt er seit über 20 Jahren in Einzelhaft", antwortete Erwin.

„Dann sollten wir ihn mal fragen, weshalb er den Garten Eden nicht verlassen will", stellte Gabriele fest.

Erwin nickte zustimmend. „Ich ruf in der Justizvollzugsanstalt an und sag denen, dass ihr kommt."

Gabriele ging zur Tür und drehte sich um. Manfred saß Martina gegenüber und machte wenig Anstalten, sich in Bewegung zu setzen.

„Manfred? Kommst du?", fragte Gabriele.

„Kannst du das nicht alleine machen? Martina will mir ihre Abteilung zeigen", säuselte Manfred, den Blick nicht von seiner Angebeteten lassend.

„Manfred Bohrmann, Sie bewegen Ihren Arsch ...", brauste Erwin auf. Das verfehlte seinen Zweck nicht, Manfred sprang auf.

Die nur wenige Kilometer lange Fahrt vom Polizeipräsidium in Heidelberg nach Mannheim in die JVA war im morgendlichen Berufsverkehr die Hölle. Erschwerend kam dazu, dass der Knast in Herzogenried lag. Auf dem Weg dahin musste man an ABB und Daimler Benz vorbei, Firmen also, die morgens von nicht unerheblich vielen Beschäftigten angesteuert wurden.

Gabriele war sich sicher, wäre sie die 14 Kilometer mit dem Fahrrad gefahren, wäre sie schneller am Ziel gewesen und hätte nicht noch eine gefühlte Ewigkeit nach einem Parkplatz suchen müssen, denn die gab es in dem zu den besseren zu zählenden Stadtteil genauso wenig wie einen funktionierenden Zigarettenautomaten. Mit Letzterem hätte Gabriele zwar leben können, aber mit zunehmendem Entzug wurde Manfred immer nerviger.

Das Ganze führte dazu, dass sie fast eineinhalb Stunden

später bei der JVA eintrafen, als Erwin angekündigt hatte. Den Beamten, der sie in Empfang nahm, interessierte ihre Verspätung herzlich wenig, er verkündete überrascht, sie seien die ersten Besucher seid Langem.

„Und daran ist er ganz alleine schuld, er redet nicht. Der Gefängnispfarrer hat es mehr als einmal probiert", fügte er mit kaum verhohlener Ablehnung hinzu.

Der Besucherraum war karg, grün gestrichene Wände und Decke, grauer Linoleumboden. Es gab keine Fenster, die Lampe war hinter Gittern und der Tisch am Boden festgeschraubt. An diesem saß mit Handschellen an die Tischplatte fixiert Heinz März.

Der Kindsmörder war abgemagert, die lichten Haare ergraut. Die Augen in dem eingefallenen Gesicht waren milchig trüb und wirkten auf eine erschreckende Art traurig. Gabriele schätzte sein Alter auf mindestens 70, obwohl er gerade mal Mitte 50 war.

„Herr März, ich bin Frau Hauf und das ist mein Kollege Herr Bohrmann. Wir sind hier, weil wir uns mit Ihnen über Ihre Tochter unterhalten wollen."

Gabriele beobachtete ihr Gegenüber genau, aber es gab keine Reaktion. Nichts, was darauf schließen ließ, dass er überhaupt merkte, dass er nicht mehr alleine in dem Raum saß.

„Dürfen wir das Gespräch aufzeichnen?", fragte Gabriele. Heinz März verzog weiter keine Miene.

„Das heißt dann wohl ja", stellte Manfred fest und schaltete das Diktiergerät ein. „Wir haben gestern in Heidelberg die sterblichen Überreste Ihrer Tochter gefunden", begann er die Befragung.

„Wo?", kam zögernd die Gegenfrage.

„In der Nähe der Alten Brücke, aber das wussten Sie ja schon, da haben Sie sie doch abgelegt, als Sie mit ihr fertig waren, ist es nicht so?", antwortete Manfred.

Gabriele war es nicht recht, dass ihr Kollege so freimütig mit

Informationen um sich warf und ihr war auch nicht sein aggressiver Ton entgangen, aber sie sagte nichts. Sie hatte den Eindruck, als wäre ein Lächeln über das ausgemergelte Gesicht des Mörders gehuscht, als er den Fundort erfuhr.

„War Ihre Tochter krank?", fragte Gabriele. März verzog keine Miene. „Haben Sie Marie vielleicht getötet, weil Sie ihr Schmerzen ersparen wollten? Das würde bei einem Begnadigungsverfahren sicherlich nicht zu Ihrem Nachteil ausgelegt", versuchte Gabriele, ihn noch mal zum Sprechen zu bringen, aber März saß nur reglos am Tisch, sein Interesse am Geschehen um ihn herum schien erloschen.

Mal brüllten sie ihn an, mal machten sie ihm Vorwürfe oder äußerten Verständnis, alles ohne Erfolg. Als sie frustriert eine halbe Stunde später wieder in ihrem Dienstwagen saßen, brachte es Manfred auf den Punkt.

„Das war wohl ein Reinfall auf ganzer Linie", sagte er.

Gabriele konnte sich dieser Bewertung nicht ganz anschließen. Sie hatte immer noch dieses kurze Lächeln vor Augen. Trotzdem hatten sie nichts Neues zu berichten und so graute es Gabriele schon davor, Erwin das magere Ergebnis ihrer Dienstfahrt mitzuteilen.

Ungefähr zu der Zeit war Martina Sommer dabei, 20 skelettierte Leichen in die Heidelberger Gerichtsmedizin transportieren zu lassen. Sie war den ganzen Vormittag damit beschäftigt gewesen, die Skelette am Tunneleingang zu bergen. Tillmann hatte ihr gesagt, dass sie vorrangig die Villa von Professor Bauer sichten sollten, da dies eine höhere Priorität habe. Aber der Typ hatte einfach keine Ahnung, der Fundort hier war offen, kein Schutz vor Wind und Wetter, man konnte buchstäblich dabei zusehen, wie Beweise in der Luft verschwanden.

Man konnte auch immer nur eines nach dem anderen erledigen. Wenn sich Arbeiten überschnitten, passierten Fehler. Dazu kam, dass sie seit Jahren Anträge für noch einen zusätzlichen Kollegen stellte, die jedes Mal abgelehnt wurden.

Jetzt bekam ihr Vorgesetzter, was er verdiente; Er musste warten.

Die Kleidungsreste, die sie fanden, gehörten zu Wehrmachtsuniformen. Langwaffen lagen bei den Skeletten. Vieles wies darauf hin, dass sich die Gruppe selbst getötet hatte. Der Gang, in dem die toten Soldaten lagen, führte nordwärts bergan. Sie erkundeten den Tunnel, wurden jedoch nach 500 Metern gestoppt. Deckenbalken waren heruntergebrochen und der Gang verschüttet.

Martina fuhr in ihr Büro, sie hatte eine SMS von Manfred bekommen, dass er gleich da sein würde. Ihre Mitarbeiter kamen hier auch alleine klar.

10

Februar 1992

Heinz war am Ende. Verdammt, er war Banker, er hatte einen Bürojob und war kein Extremsportler. Jetzt stand er hier auf der Strickleiter nur einen Meter unter dem Ausstieg aus dieser Hölle und Marie wollte sich nicht alleine am Brunnenrand hochziehen und nach draußen steigen. Also musste er seine Tochter aus wackliger Position über den Rand heben.

Beinahe wären sie beide bei der halsbrecherischen Aktion in die Tiefe gestürzt. Marie war sehr aufgewühlt, sie hatte Angst, Hunger, und sie war tropfnass und zitterte vor Kälte unter dem dünnen Plastikteil.

Heinz dachte nach. Nach Hause konnte er nicht, das war nicht sicher. Wusste dieser Verbrecher von seinem Ferienhaus? Das hatte er natürlich auch von dessen Geld gekauft, damals, als der DAX unaufhaltsam in den Himmel raste. Er hätte diesen Karl ausbezahlen können, sogar mit sattem Gewinn und es wäre immer noch genug für ihn selbst übrig geblieben. Ja, toller Plan, bis das Kartenhaus einstürzte. Und jetzt hatte er nichts mehr.

Bis auf dieses Haus. Er beschloss, dass es sicher war, zumindest bis dieser Ganove sich auf die Suche nach ihm machen würde.

Es war finstere Nacht, er sah die Hand vor Augen nicht, aber er hatte Glück, nur wenige Meter neben ihrem Ausstieg lag ein asphaltierter Weg. Hätte sich Heinz für die andere Richtung entschieden, nach Norden, bergan, wären die beiden binnen kürzester Zeit bei der Waldgaststätte neben der Thingstätte angekommen, die an diesem Abend noch lange nach Mitternacht geöffnet war. Leider wusste Heinz weder, wo er war, noch von dem Gasthaus ganz in seiner Nähe, also lief er bergab und kam in Heidelberg-Handschuhsheim raus.

Marie hatte so lange gequengelt, bis er sie huckepack nahm und nun war sie eingeschlafen und sabberte ihm ins Genick.

Es war schon ein Uhr in der Nacht, als er endlich seinen roten Opel Ascona erreichte. Trotz der späten Stunde waren die Straßen noch voll, Blaulicht tauchte die nächtliche Stadt in ein gespenstisches Blinken.

Als er zum Fluss fuhr, um übers Neckartal in den Odenwald zu fahren, stellte sich seinem Auto ein Feuerwehrmann entgegen.

„Sie können hier nicht durch! Alles überflutet", verkündete der sehr erschöpft aussehende Mann.

Erwin bedankte sich, wendete und fuhr über das zehn Kilometer entfernte Schriesheim in den Odenwald. Erst als er sein Auto eine Stunde später auf dem Grundstück des Ferienhauses parkte, fiel sein Blick auf die Holzkiste, die er schon die halbe Nacht mit sich herumtrug. Vorsichtig öffnete er sie und ihm stockte der Atem. In der Kiste lag ein Buch, ein sehr altes Buch. Ein paar Jahre zuvor hatte er es in einer sensationellen Ausstellung über Dante in der Heiliggeistkirche gesehen.

Hinter Heinz' Stirn begann es zu arbeiten und langsam zeichnete sich eine Lösung ab; vielleicht konnte alles noch gut werden.

Er brauchte dringend das Telefonbuch von Heidelberg. Vorsichtig nahm er Marie in die Arme, die Kleine musste jetzt zu allererst in ein warmes Bett.

11

Gabriele ging alleine zu Erwin, um von ihrer Befragung zu berichten. Manfred war über zwei Stunden von Martina getrennt gewesen und hielt es nicht länger aus. Gabriele war nicht unglücklich darüber, alleine mit Erwin zu sprechen, denn sie hatte gemerkt, dass irgendetwas ihrem Exfreund gewaltig an die Nieren ging. Sie musste wissen, was das war. Die Chancen, dass er etwas sagen würde, waren weit größer, wenn sie alleine mit ihm sprach.

Aber in dem Moment, als sie sein Büro betrat, war ihr klar, dass es der falsche Zeitpunkt war, ihn auszufragen. Erwin sah aus, als hätte er gerade in eine Zitrone gebissen, in eine sehr saure Zitrone. Dazu herrschte, für ihn völlig untypisch, Unordnung auf dem Schreibtisch. Erwin konnte Stunden damit verbringen, Dinge zu ordnen und Gegenstände geradezurücken. Einmal war er während eines romantischen Films, den sie zusammen auf der Couch gesehen hatten, dreimal aufgestanden, um ein Bild hinter dem Fernseher geradezurücken. Als das Bild gerade hing, war ihre romantische Stimmung verflogen und sie hatte Kopfweh. Sie hatte ihn den Film alleine weiterschauen lassen und er hatte wie immer nicht verstanden, was er falsch gemacht hatte.

Dass er miese Laune hatte, bestätigte sich schon mit seinen ersten Worten. „Was habt ihr mit diesem März gemacht? Ihr solltet ihm ein paar Fragen stellen und ihn nicht durch die Mangel drehen!", blaffe Erwin los, ohne abzuwarten, was seine Mitarbeiterin zu melden hatte.

„Was ist dir über die Leber gelaufen? Was sollen wir getan haben? Gar nichts!", erwiderte sie nicht minder laut.

„Nichts? Willst du mich verarschen?" Jetzt brüllte Erwin richtig. „Der Typ schneidet sich fünf Minuten, nachdem ihr mit ihm fertig seid, die Pulsadern auf. Hinterlässt einen wirren Abschiedsbrief. Sein Anwalt fordert Schmerzensgeld von uns und will, dass der Fall lückenlos geklärt wird. Seid froh, dass die Wärter ihn noch rechtzeitig gefunden und lebendig in den Krankenflügel gebracht haben. Wäre er gestorben, nicht auszudenken ... Schon so sitzt uns sein Anwalt im Nacken. Vor allem will er wissen, warum wir seinen Mandanten behelligen. Wegen eines Verbrechens, für das er schon verurteilt wurde!" Erwin atmete tief ein, um dann mit ruhigerer Stimme zu sagen: „Sei's drum, lässt sich jetzt nicht mehr ändern, setz dich. Erzähl erst mal, was ihr erahren habt."

„Ein wirrer Abschiedsbrief? Was hat er geschrieben?", fragte Gabriele, statt auf die Frage ihres Vorgesetzten einzugehen.

„Er hat geschrieben, er müsse sterben, um Marie zu retten." Erwin lachte tonlos und fuhr fort: „Wie krank ist der Typ, sie retten? Er hat sie ermordet, sein Selbstmord kommt mindestens 20 Jahre zu spät, um sie noch zu retten."

„Du solltest mal einen Genabgleich beantragen. Wir sollten erst mal sicherstellen, dass unser Opfer im Tunnel auch wirklich Marie März ist. Ich glaube nicht mehr recht daran", sagte Gabriele und fügte hinzu: „Ich würde sogar fast mit dir wetten, dass wir eher eine Übereinstimmung mit dem Genmaterial aus dem Kinderzimmer in der Bauer-Villa finden."

Erwin nickte bedächtig. „Ja, aber woher kommt dann unser Opfer? Es gab kein zweites vermisstes Mädchen im Umkreis von Heidelberg, zumindest nicht in diesem Alter. Und selbst wenn es ein anderes Kind ist, warum ist es dann wie Marie angezogen? Wenn jemand die wahre Identität des Kindes verschleiern wollte, warum sie dann so verstecken, dass sie nie mehr gefunden wird?"

„Erwirke diesen Genvergleich, dann wissen wir mehr", sagte Gabriele tonlos.

„Wo ist überhaupt dein Kollege?"

„Manfred?"

„Wer denn sonst."

„Der musste dringend zu Martina."

„Das schlägt dem Fass den Boden aus. Nicht genug, dass die den ganzen Morgen hier rumgammelt, mehr Interesse an dem Fall hat als unser Kollege, nein, jetzt verbringt er auch noch seine Dienstzeit bei ihr. Soll er doch gleich einen Versetzungsantrag stellen." Nach einem Blick in Gabrieles leuchtende Augen fügte er hinzu: „Mach dir keine zu großen Hoffnungen, ich glaube eher, dass die sich bei uns einnisten will. Hol den verliebten Gockel und bringt euch auf den neusten Stand im Mordfall Bauer. Dann fahrt an die Ruprecht-Karls-Universität und befragt seine Kollegen. Dieser Professor Bauer scheint ein ganz hohes Tier gewesen zu sein. Da macht jemand gewaltig Druck."

Gabriele brauchte nicht lange zu warten, Manfred kam überraschend schnell von seiner Flamme zurück und erzählte von toten Soldaten, die Martina in den Tunneln gefunden hatte. Kurz darauf waren sie schon auf dem Weg zum Arbeitsplatz des ermordeten Professors.

Ein ziemlich unmotiviert wirkender Pförtner sah sie an, als sollten sich die beiden Beamten dafür entschuldigen, dass er seinen Blick vom Fernseher abwenden und seine Arbeit tun musste. Nachdem sie ihre Dienstausweise vorgezeigt hatten, war er dann doch bereit, sie beim Rektor der Universität Heidelberg, einem Professor Lars Hildenbrand, anzukündigen. Dies tat er mit seiner ihm angeborenen Behäbigkeit.

Genauer sagte er zur Vorzimmerdame des Universitätsleiters: „Du, Mia, do stehe zwee Bulle vor ma, die wolle zum Chef."

Zumindest diese Mia wusste, was sie zu tun hatte, und so betraten sie wenig später das Büro von Lars Hildenbrand. Der Leiter der Universität war ein sportlicher Mann Anfang 40, schulterlanges blondes Haar, Dreitagebart. Gabriele hatte sich den Rektor einer Universität völlig anders vorgestellt. Doch es war auch keine unangenehme Überraschung.

„Herr Professor Hildenbrand, Sie wissen sicherlich, warum

wir hier sind?"

Hildenbrand nickte. „Ein großer Verlust für unser Haus", sagte er.

„Das mag sein. Hatte er Feinde hier?"

„Feinde? Alfred war eine Legende. Im Kollegium war er sehr angesehen."

„Und bei den Studenten?", hakte Gabriele nach.

Lars Hildenbrand ließ sich Zeit und antwortete dann sehr bedächtig. „Jeder von uns hat Studenten, die sich ungerecht behandelt oder benotet fühlen. Nichts Außergewöhnliches. Kaum vorstellbar, dass ihn einer seiner Studenten deshalb ermordet."

„Und wie war Ihr Verhältnis zum Opfer?", wollte Gabriele wissen.

Professor Hildenbrand überlegte sehr lange und antwortete: „Was wollen Sie hören? Dass er jeden Tag in den letzten zehn Jahren, an dem ich dieses Haus leite, auf dem Parkplatz stand, der mit ,Rektor' beschildert ist? Das tat er. Dass er sich nie an Anweisungen hielt, Absprachen nur von den anderen eingehalten werden mussten? Ja, auch das."

Der Rektor trank ein Schluck Kaffee und fuhr dann fort. „In meiner ersten Personalversammlung, die ich in diesem Haus leitete, musste ich auf Druck unserer Geldgeber das sinkende Niveau in unserem Kollegium ansprechen. Alfred stand auf und sagte, ,Lars, wenn du immer nur größere Pfeifen einstellen, als du selbst eine bist, dann brauchst du dich nicht zu beschweren, wenn wir bald auf dem Stand einer Hilfsschule sind'. Ich antwortete damals, und Sie können mir glauben, ich war sehr verärgert: ,Nennen Sie mir einen Grund, warum ich Sie nicht sofort vor die Türe setzen sollte.' Er lachte und sagte: ,Weil ich schon mit deinem Doktorvater in Heidelberg gesoffen habe, da wussten deine Eltern noch nicht mal, dass sie ein Paar werden würden.'

Kurz gesagt, es war nicht immer leicht mit ihm, aber sein Einfluss auf Politiker und Geldgeber war unbezahlbar. Er ist für unser Haus unersetzbar."

„Der Professor war unverheiratet und hatte keine Kinder. Wissen Sie etwas über Verhältnisse, Freunde, vielleicht eine Lebenspartnerin?"

„Nichts. Es gab nicht mal Gerüchte. Mein Vorgänger auf diesem Posten erzählte mir mal, dass es eine Frau in der Schweiz gegeben hätte. Er hatte sich mal wegen ihr ein Semester freistellen lassen."

„Noch eines, Routine, wo waren Sie gestern zwischen 17 und 18 Uhr?"

„Hörsaal 2, ungefähr 150 Zeugen, wie viele von ihnen wach waren, kann ich Ihnen allerdings nicht sagen."

Die Aussagen der Kollegen ähnelten der von Professor Hildenbrand. Die einen mochten Bauer mehr, die anderen weniger. Was alle Aussagen gemeinsam hatten, war, dass niemand etwas über private Verhältnisse wusste. Einige der alten Kollegen bestätigten jedoch, dass es mal etwas wegen einer Frau in der Schweiz gegeben hatte.

Januar 1988

Alfred Bauer sank erschöpft in das weiche Himmelbett. Die Gespräche bei den gemeinsamen Abendessen verliefen äußerst erfreulich. Wenn doch nur sein Vater das noch hätte erleben können. Der Mann, ohne den sein ganzer Plan zum Scheitern verurteilt gewesen wäre.

Wehmütig erinnerte er sich zurück an die Stunden, in denen sie gemeinsam im Studierzimmer gesessen und Friedrich Bauer erzählt hatte, wie er an die Karte gelangt war. Eine Karte eines Geheimgangs, der unterirdisch ganz Heidelberg vom Schloss bis zur Thingstätte durchzog.

Friedrich Bauer war als junger Soldat in Frankreich verwundet worden. Das Geschoss war glatt durch sein Knie gedrungen. Friedrich, der damals gerade mal Anfang 20 und aus gutem Hause war, lag wochenlang im Lazarett. Durch die fürchterlichen hygienischen Verhältnisse entzündete sich die Wunde und am Ende blieb nur eine Chance, sein Leben zu retten: Die Ärzte amputierten das Bein.

Man konnte von Schicksal sprechen, denn seine Kameraden wurden in den letzten Tagen des Zweiten Weltkriegs auf Befehl des Führers persönlich zur Verteidigung Berlins herangezogen. Keiner überlebte diese Hölle.

Der Krieg war teuer und die Nazis brauchten Geld. So kam es, dass Friedrich ein schlecht sitzendes Holzbein bekam, auf dem er die letzten Monate von Hitlers Herrschaft mehr schlecht als recht durch das Heidelberger Stadtarchiv humpelte, immer auf der Suche nach Schätzen, die man verkaufen konnte.

Im Oktober 1944 passierte etwas, das die eintönige Monotonie dieser Aufgabe durchbrach. Friedrich fand eine Karte, darauf beschrieben war ein Tunnel, der vom Schloss bis zum gegenüberliegenden Berg führte. Bei diesem Dokument lag ein Schlüssel. Friedrich konnte nicht erklären, warum er den Schlüssel an sich nahm. Er tat es einfach, meldete aber pflichtbewusst den Fund der Karte.

Sein Kommandant, Werner Schildt, ein stattlicher Soldat Ende 40, erklärte die Erkundung, Vermessung und den Ausbau des Tunnels zur Chefsache. Das ursprüngliche Ende des Gangs war ein fast 20 Meter tiefes Loch mitten im Wald. Zufällig war unweit dieses Ausganges eine Arena, die von der Partei schon vor dem Krieg ausgebaut und seither nur noch zu Propagandazwecken verwendet wurde. Selbst der Führer war zweimal da gewesen, um Orden zu verleihen. Kommandant Schildt ließ den Gang um einige hundert Meter verlängern, sodass er jetzt in dieser Arena endete.

Nicht wenige sagten, dass es sein Fluchtweg sein sollte, wenn die Amerikaner kamen. Dass die kommen würden, daran zweifelte im Winter 1944 niemand mehr. Nur Werner Schildt musste dies zu oft und zu den falschen Leuten gesagt haben. Seine Meinung war irgendwie nach Berlin durchgedrungen oder der gute Kommandant hatte auf andere Art den Zorn des Führers auf sich gezogen. Im Februar wurde er versetzt und starb in den letzten Kriegstagen ungefähr 70 Kilometer östlich der Hauptstadt, beim letzten verzweifelten Versuch, die Rote Armee von Berlin fernzuhalten.

Der Kampf um Heidelberg war weniger glorreich, am 29. März sprengte die Wehrmacht die Alte Brücke und in der Nacht zum 30. gingen die letzten 30 Mann unter Anleitung von Friedrich Bauer in den Tunnel.

Friedrichs Motivation war die Angst, dass er sich als Krüppel bei einem Häuserkampf nicht verteidigen konnte. Alleine zu fliehen, Fahnenflucht zu begehen, wäre Selbstmord gewesen. Also weihte er die verbliebenen Kameraden ein. Sie hatten im Schloss alles geplündert, was aus Gold oder leicht zu transportieren und zu Geld zu machen war. Damit hatten die Soldaten einen recht beachtlichen Schatz, den sie durch den Tunnel in Richtung Norden trugen.

Friedrich war mit seinem Holzbein zu langsam und doch nur

einer mehr, mit dem man teilen musste. Jetzt, da er sein Geheimnis preisgegeben hatte, war er nutzlos. Schlimmer, er war eine Belastung für die Gruppe. Es muss unter dem Fluss gewesen sein, als sich einer zu ihm umdrehte, seine Waffe auf ihn richtete und schoss. Friedrich sackte zusammen.

Wie lange er lag, wusste er nicht, aber als er wieder zu sich kam, war er allein. Er hatte noch den Schlüssel, der bei der Karte gewesen war. Sie würden in dem Gang nicht weit kommen, nur bis zur nächsten verschlossenen Tür. Und dann? Dann würden sie zurückkommen. Um zu verhindern, dass seine verräterischen Kameraden ihn doch noch umbrachten, schloss er die Tür am Ausgang zur Alten Brücke ab. Mit letzter Kraft schleppte er sich zurück zum Schloss. Dass er recht gehabt hatte, zeigte sich bald, denn die anderen kamen wirklich zurück, schlugen und beschossen die Tür, doch die hielt stand.

Er konnte sich nicht mehr erinnern, musste es aber geschafft haben, sich ins Schloss zu retten. Er wachte am 2. April im Heidelberger Klinikum auf, und erfuhr, dass seine Stadt am 30. März kampflos und fast völlig unzerstört von den Amerikanern eingenommen worden war. Ein Glück, das Städte wie Mannheim oder Ludwigshafen, die nur 20 Kilometer entfernt waren, nicht gehabt hatten. Dort stand kein Stein mehr auf dem anderen.

Was sein Vater ihm nicht erzählt hatte, weil es für ihn nicht von Belang gewesen war, war, dass es auch in der Heiliggeistkirche einen Zugang zu dem Tunnel gab. Und der spielte bei dem, was er vorhatte, eine nicht unerhebliche Rolle.

Zufrieden löschte Alfred das Licht und schlief fast im selben Moment ein.

-13-

Zur selben Zeit, als Gabriele und Manfred die Kollegen von Alfred Bauer befragten, redete Erwin mit Engelszungen auf einen Richter ein, um in einem schon seit Jahrzehnten abgeschlossenen Fall einen Gentest anzufordern.

In diesem Moment schloss eine hübsche junge Frau Mitte 30 die Tür zur Villa des Mannes auf, der ihr fast ihre gesamte Jugend hindurch Schutz geboten hatte, der jedoch nie ihren Vater hatte ersetzen können. An keinem Tag, der in den letzten 23 Jahren vergangen war, hatte Marie ihren Vater vergessen. Da half auch nicht, dass sie einen anderen Namen bekommen hatte und in einem sündhaft teuren Internat in der Schweiz zur Schule gegangen war.

Vor zwei Monaten hatte sie der alte Mann nach Jahren angerufen. Er war glücklich gewesen, denn er hatte endlich die Frau fürs Leben gefunden. Eine Frau, die locker seine Tochter, vielleicht sogar seine Enkelin hätte sein können. Marie wusste, dass das Probleme geben würde.

Anfang letzter Woche rief Alfred sie erneut an, weil er einen Schwächeanfall gehabt hatte. Nun machte sich seine neue Freundin, eine gewisse Nadine Keller, Sorgen, dass sie mittellos zurückbleiben würde, sollte ihm etwas passieren. Sie hätte auch einfach sagen können, dass sie in sein Testament wollte. Gut, das hätte der Professor durchschaut. Vielleicht; Er war auf diesem Auge erschreckend blind.

Schließlich der Anruf gestern. Er hätte einen großen Fehler gemacht, hatte er gesagt, und „Marie, pass auf dich auf, sie hat in meinem Tagebuch ... sie hat die Briefe von Vreni gelesen. Sie wird sich nicht ..." Dann war das Gespräch abgebrochen.

Erst später erfuhr sie, was diese Schlange dem alten Mann angetan hatte. Dass die Beweise einer Verbindung zwischen Marie und dem Professor wie auf dem Präsentierteller in der Villa herumlagen, sprach Bände. Alfred hatte wohl versucht, vieles noch zu vertuschen. Briefe oder das Tagebuch waren am gestrigen Tag nicht sichergestellt worden und ihr war klar, was das zu bedeuten hatte. Früher oder später würde die Mörderin mit den Beweisen zu ihr kommen, um aus ihrem Wissen Kapital zu schlagen. Wenn diese Schlampe wirklich so dumm war, dann würde sie dafür bezahlen, was sie dem alten Mann angetan hatte.

Was die Polizei gefunden hatte, war ihr Elefant. Sie hatte das verdammte Ding schon vergessen, aber Alfred hatte es unbedingt als Erinnerung behalten wollen. Als sie vor Jahren zusammen mit ihrem Exmann wieder nach Heidelberg gekommen war, schenkte sie es ihm. Jetzt konnte es dazu führen, dass herauskam, dass sie noch am Leben war. Da hätte sie auch gleich eine Visitenkarte liegen lassen können.

Marie wusste, dass Alfred in ihrem alten Zimmer gefunden worden war. Er hatte wohl nicht mehr die Kraft gehabt, dort noch klar Schiff zu machen. Jetzt blieb nur noch eines. Das Haus war viel zu groß, um alles zu finden, was auf sie hinwies. Sie ging ein letztes Mal in ihr Kinderzimmer. Der dunkle Fleck auf dem Teppich löste Beklemmung in ihr aus, aber nur kurz. Sie sah ihre Stofftiere an und die Poster an den Wänden. Gefehlt hatte es ihr hier an nichts. Wehmütig verließ sie das Zimmer und ging in den Garten, hier hatte der Gärtner alles gelagert, was der gute Professor nicht im Haus sehen wollte. Benzin für den Rasenmäher, Spiritus und eine Flüssigkeit, die mit dem Piktogramm für leicht entzündlich und explosiv gekennzeichnet war. Als Letztes nahm sie Alfreds Mobiltelefon an sich. Dann verließ sie das Haus zum letzten Mal, das Piepen der Rauchmelder in den Ohren.

Innerhalb von Minuten standen das Arbeitszimmer, ihr Kinderzimmer und der Wohnbereich lichterloh in Flammen. Als sie in ihren Kleinwagen stieg, hörte sie aus der Ferne schon das Martinshorn der heraneilenden Feuerwehr. Im Wegfahren rief Marie die Liste der zuletzt gewählten Nummern auf dem Handy des Professors auf. Sie brauchte nicht lange zu suchen. Eine Nummer, die unter

‚Mausebärchen' abgespeichert war, stellte mehr als zwei Drittel der Anrufe auf der Liste. Marie wählte die Nummer und Nadine Keller nahm das Gespräch nach dem ersten Läuten an.

„Ich kriege dich, Schlampe, du hast den falschen Mann ermordet", zischte Marie.

„Die Bullen haben dich noch nicht eingelocht?", fragte die Freundin des Professors mit kaum verstecktem Hohn in der Stimme. „Wo bleibt deine Dankbarkeit, dass du noch keine gesiebte Luft atmest?"

„Du Miststück!", sagte Marie.

„Na, willst du, dass die Polizei die Briefe deiner besorgten Ziehmutter liest? Eine wirklich aufschlussreiche Lektüre."

„Was willst du?"

„Ich sehe, du verstehst mich. Ich will das Erbe, und nicht die Piepen, mit denen ich im Testament bedacht bin. Ich will den Jackpot, ich will den Teil von seiner unehelichen Tochter. Wie du sie dazu bringst, überlasse ich dir." Bei den letzten Worten lachte Nadine.

„Bevor ich die Briefe nicht gesehen habe, mach ich nichts. Wir müssen uns treffen."

„Du hältst mich wohl für sehr dumm! Aber gut, wir treffen uns an einem Ort, wo viele Menschen sind, Kameras und Security. Heidelberger Hauptbahnhof. Hey, und falls du trotzdem dumme Ideen haben solltest, mein Freund hat die Originale der Briefe. Sollte mir was passieren, gehen die sofort und ohne Umweg zu Polizei. Haben wir einen Deal?"

„Gut, wann?"

„Lass das Handy an, du bekommst eine Mail", antworte Nadine und beendete das Gespräch.

-14-

Auch Erwin hatte Vorgesetzte, und die hatten mehr Angst vor der öffentlichen Meinung, als vor Problemen bei der Ermittlung, konnte man doch ein Scheitern elegant wieder seinem Polizeichef in die Schuhe schieben. Kurz, Erwin war in einer Lose-Lose-Situation: Egal, was er tat, es war schlecht.

Also bekam er von der Pressestelle eine Dame vom Radio aufs Auge gedrückt. Seine Aufgabe war relativ klar beschrieben worden: die Wogen glätten, die Sache runterspielen und der Bevölkerung das gute Gefühl geben, dass ihre Polizei alles im Griff habe.

Erwin litt schon bei der Vorstellung, live im Radio zu sprechen, Höllenqualen. Es gab wenig, was er nicht hinbekam, aber das konnte er nicht. Er hatte unmenschliches Lampenfieber, dazu kam, dass er sich nicht konzentrieren konnte, wenn er nervös war. Dann redete er nur Blödsinn. Er war schon schweißgebadet, da war die Dame vom Radio noch gar nicht im Präsidium.

Es kam noch schlimmer, die Reporterin war blutjung, bildhübsch mit ihren langen roten Haaren und bekleidet mit einem viel zu kurzen Rock. In den endlosen Minuten, bevor sie live auf Sendung gingen, geisterte ihm die Frage durch den Kopf, wie zum Teufel man einen Mord runterspielen sollte.

Als die letzte Minute angezeigt wurde, gab es nur noch einen Gedanken: „Ich muss aufs Klo, ganz dringend", und dieses Gefühl potenzierte sich mit jeder Sekunde, die der Sendestart näherkam. Als die Aufnahme gestartet wurde, war sein Kopf leer, er hätte nicht mal mehr seine Postleitzahl nennen können.

Während die Reporterin sprach, betrachtete der Polizeichef ihre perfekt geformten Beine. Leider war er dadurch so abgelenkt, dass er nicht einmal die Frage mitbekam. Als die junge Frau aufhörte zu reden, entstand eine peinliche Pause, dann antwortete er mit dem Ersten, was ihm in seiner

Verzweiflung in den Sinn kam: „Es ist ein schlimmer Verlust für die Wissenschaft."

Dummerweise hatte die Frage gelautet: „Besteht eine Gefahr für die Bevölkerung?"

Das wurde Erwin klar, als er den verwirrten Gesichtsausdruck seiner Gesprächspartnerin und die Reaktion der Pressesprecherin der Polizei sah, die sich mit der flachen Hand auf die Stirn schlug.

„Ah, ja", sagte die Reporterin etwas ratlos. „Gibt es Verdächtige? Haben Sie schon jemanden festgenommen?"

„Sie werden verstehen, dass ich zum jetzigen Zeitpunkt nichts Genaueres über den Ermittlungsstand sagen kann", versuchte Erwin, seinen schlechten Eindruck bei der Frage zuvor wieder gut zu machen.

„Ja, aber Sie haben ja noch gar nichts zum Ermittlungsstand gesagt." Die Frau schien der Verzweiflung nahe.

Erwin hatte einen Lauf und so verkündete er jetzt: „Sie müssen verstehen, dass wir durch mehr Informationen den Täter unnötig warnen würden."

Die Pressesprecherin schlug derweil ihre Stirn auf die Tischplatte.

Das Interview ging noch eine Weile so weiter, bis die Reporterin grußlos den Raum verließ und im Gehen zu ihren Kollegen sagte: „Völlig unfähig und dazu ein schmieriger alter Sack. Hast du gesehen, wie der mich angegafft hat? Der wollte mir nur unter den Rock sehen, ekelhaft."

Erwin wollte ihr folgen und erklären, dass sie so was nicht sagen dürfe, da stellte sich ihm die Pressesprecherin in den Weg.

„Danke. Falls es jemals einen Zweifel gab, dass die Polizei in Heidelberg völlig unfähig ist, dann haben Sie diesen Zweifel ausgeräumt", sagte sie.

Erwin war sich zwar keiner Schuld bewusst, aber sie musste es ja wissen. „Okay, ziehen Sie halt die Bänder ein, wird das Interview eben nicht gesendet", schlug er vor.

Die Pressesprecherin klopfte sich noch mehrmals mit der flachen Hand an die Stirn. „Das war live, Sie Schwachkopf."

Zu seinem Glück kamen just in diesem Moment Gabriele und Manfred von ihrer Befragung der Kollegen des Opfers zurück und retteten ihn dadurch aus dieser peinlichen Situation. Schnell verschwand er mit den beiden in seinem Büro und hörte sich dort an, was sie herausgefunden hatten.

„Schaut mal, ob ihr was über diese Sache in der Schweiz in Erfahrung bringen könnt. Fünf Monate, in der Zeit muss er ja Spuren hinterlassen haben", sagte er.

Gabriele hatte zwar laut eigener Aussage keinen Plan, wie sie das hinbekommen sollten, versprach aber, sich zu kümmern.

Seine zwei Mitarbeiter hatten gerade das Zimmer verlassen, als sein Telefon läutete. Es war ein alter Klassenkamerad, mit dem er heute noch gerne mal einen heben ging.

„Alter, Erwin, das Interview mit meiner Neuen hast du aber fürchterlich in den Sand gesetzt", lästerte Ingo Grünewald belustigt.

Erwin wusste zwar, dass sein Freund beim Rundfunk war, aber dass er ausgerechnet für den Sender arbeitete, von dem diese Reporterin gekommen war, war ihm neu. „Läster du nur auch noch, will mir nicht mal vorstellen, was meine Vorgesetzten dazu sagen", erklärte Erwin.

„Du hast Vorgesetzte?"

„Klar, bin ja Beamter, da hat man immer Vorgesetzte, irgendwann sind es halt Minister."

„Du, Erwin, Vorschlag, ich lösch das Band und wir senden halt irgendeine 08/15-Mitteilung und du bezahlst beim nächsten Mal das Essen beim Griechen."

„Ich wäre doch ohnehin dran mit bezahlen."

„Na, dann bringe ich halt Nicole und Markus mit. Wenn ihre Arbeit schon gelöscht wird, sollen sie wenigstens einen vollen Magen dafür haben", sagte Ingo lachend.

„Aber löschen bringt doch bei live nichts", antwortete Erwin hörbar geknickt.

„Du glaubst doch nicht ernsthaft, dass wir irgendwas live senden. Unsere Rechtsabteilung würde uns ein Killerteam auf den Hals schicken. Nein, das Material wird von unseren Rechtsanwälten geprüft, ob man uns dafür verklagen kann und dann an passender Stelle eingespielt. Du glaubst doch nicht ernsthaft, dass wir das Nachmittagsprogramm für dich unterbrochen haben? Also Grieche, als Beamter kannst du das bestimmt von der Steuer absetzen."

„Deal steht!", stimmte Erwin erleichtert zu.

Einige Stunden später fuhr er seinen Rechner runter, um Feierabend zu machen, als erneut sein Telefon klingelte. Es war der erwartete Rückruf des Nachlassverwalters von Professor Alfred Bauer. Der Notar erklärte, dass es drei Haupterben gab. Zum einen war da ein Italiener, Luca Skalletti, als Erbe fast aller Kunstgegenstände, der Bibliothek und eines Landsitzes in der Toskana eingetragen. Eine Schweizerin, Barbara Heusser, war die neue Besitzerin des Mercedes und eines Stadthauses in Zürich. Und zu guter Letzt erbte eine Nadine Keller, ein Fotomodel aus Stuttgart, das Barvermögen und die Villa in Wieblingen. Seine umfangreiche Kunstsammlung hatte der Professor an Museen in Florenz, Rom und Heidelberg vermacht.

Um die drei Erben würden sich morgen seine Kommissare kümmern.

Sommer 1946

Friedrich Bauer durfte seine Stelle im Stadtarchiv behalten, eine Aufgabe, die so schlecht bezahlt wurde, dass jemand, der nicht über seine finanziellen Mittel verfügte, sie sich kaum leisten konnte. Er wollte mehr über den Tunnel in Erfahrung bringen, der ihm fast zum Verhängnis geworden war, und hier saß er nicht nur an der Quelle der Informationen, sondern hatte auch die Zeit, um weiter zu suchen.

Auf dem Plan fand er eine unleserliche Unterschrift, die ihn nicht weiterbrachte. Die Jahreszahl 1692 ließ auf den Pfälzischen Erbfolgekrieg schließen. Herrscher zu dieser Zeit war Kurfürst Philipp Wilhelm gewesen, unter dessen Regentschaft das Heidelberger Schloss gleich zwei Mal zerstört wurde. Über Philipp Wilhelm fand er relativ viele Dokumente im Archiv. Sehr wertvoll war eine Art Kassenbuch, in dem alle Ausgaben aus dem kurfürstlichen Geldbestand vermerkt waren. Notiert waren neben Datum und Wert auch Ware oder Leistung und eine Spalte mit dem Ort.

Philipp Wilhelm war im Spätjahr 1688 vor den Truppen von König Ludwig XIV geflohen, damals wurde das Schloss zum ersten Mal zerstört. Ein halbes Jahr später kehrte er in seine niedergebrannte Stadt zurück. In dem Buch waren für diesen Zeitraum viele Baumaterialien und Handwerker vermerkt. Jetzt kam die Spalte *Ort* ins Spiel, denn Unmengen Leibeigene wurden gar nicht am Schloss eingesetzt, sondern an der Brücke. Schiffe beladen mit Holz löschten dort ihre Ladung. Und aus Preußen kamen Stahltüren.

Friedrich wusste nun, dass er nach einem Heinrich Maurer suchen musste, und jetzt, da er den Namen kannte, war die Unterschrift doch lesbar. Zu ihm war nur überliefert, dass er 1701 starb und in Heidelberg begraben lag.

In den folgenden fünf Jahren waren Stadt und Schloss halbwegs wieder aufgebaut worden. In den persönlichen Aufzeichnungen des Kurfürsten fand Friedrich dann Notizen, dass er einen Fluchttunnel bauen lassen wollte, weil er einen erneuten Angriff König Ludwigs XIV befürchtete. Damit sollte der Herrscher recht behalten, doch zu dem Zeitpunkt war der Kurfürst schon drei Jahre tot, er starb in dem für die Zeit fast biblischen Alter von 75 in Wien. Dort hatte er der Krönung seines Enkels beiwohnen wollen und die Reisestrapazen waren für den betagten Monarchen zu viel gewesen.

1693 nutzte dann sein Sohn Johann Wilhelm den Tunnel. Diesmal entsendete König Ludwig XIV 40.000 Soldaten, um das zu Ende zu bringen, was sie fünf Jahre zuvor nur unzureichend getan hatten. Nach drei Tagen ergaben sich die Truppen, die das Schloss verteidigen sollten. Der Statthalter Johann Wilhelm war zu diesem Zeitpunkt schon über alle Berge. Die Stadt brannte, das Schloss wurde fast vollständig zerstört und diesmal wurde es nicht wieder aufgebaut.

16

Marie stand am Heidelberger Hauptbahnhof. Sie hatte sich verkleidet, blonde Perücke, auf der Nase eine auffällige, schwarz gerahmte Brille. Wenn sich Passanten an etwas erinnern sollten, dann an dies.

Der Nachlassverwalter hatte gestern alle Erben gebeten, nach Heidelberg zu reisen. Barbara hatte gleich bei Marie angerufen und die freute sich, ihre kleine Schwester wiederzusehen.

Sie erinnerte sich an das letzte Mal, als sie alle vier zusammen gewesen waren, am Sterbebett ihrer Mutter. Klar war Vreni nicht ihre richtige Mutter, aber das hatte die Freundin des Professors sie nie spüren lassen. Marie wusste noch genau, wie schwer es sie getroffen hatte, als Vreni im Herbst 2012 mit gerade mal 66 Jahren verstorben war.

Alfred, der Mann, dem nichts wichtiger gewesen war als seine Arbeit, hatte damals alles stehen und liegen lassen und war in die Schweiz gerast, als Barbaras Anruf kam. Marie hatte in den letzten Stunden noch mit Vreni reden können und hatte schockiert gehört, wie sich die sterbende Frau dafür bedankt hatte, dass sie ihre Tochter vor diesem Monster beschützt hatte ...

Jetzt musste Marie das hier schnell zu einem Ende bringen, Barbara würde im Laufe der Nacht mit dem Auto ankommen. Sie schaute auf die elektronische Anzeigetafel. Der ICE aus Stuttgart hatte eine Viertelstunde Verspätung und sollte nun um viertel vor acht hier sein. Marie war das eigentlich nicht recht, um die Uhrzeit war noch viel los, viele Zeugen, die am Abend noch unterwegs waren. Aber es war nicht zu ändern, die Andere hatte die frühe Uhrzeit vorgegeben und Marie hatte sich daran zu halten. Mehr Gedanken konnte sie sich nicht mehr machen, denn nun sah sie die drei charakteristischen Lampen aus der Dunkelheit auf ihr Gleis einfahren. Es stiegen nicht viele Leute aus dem Zug, vielleicht 15, und auf den ersten Blick war Nadine nicht dabei.

Dann hörte sie eine Stimme über den Bahnsteig brüllen: „Marie März! Hier bin ich!"

In der Richtung, aus der die Rufe kamen, stand sie, eine hübsche junge Frau, kurze rotbraune Haare und sehr schlank. Sie schien wirklich alles daranzusetzen, in Erinnerung zu bleiben. Kürzer hätte der Rock nicht sein dürfen, sonst hätten die Polizisten der Sitte das Liebchen des Professors eingebuchtet. Marie wollte gerade was antworten, da hatte sie die Schlange schon in die Arme geschlossen.

„Ich glaube zwar, dass du mir nichts tust, aber sicher ist sicher." Marie war verwirrt, als Nadine nie umarmte und dabei abtastete. „Unbewaffnet. Sehr kluges Mädchen", sagte Nadine zufrieden, als sie nichts gefunden hatte. „Denk immer dran, meine Lebensversicherung sitzt auf Abruf in Stuttgart."

Marie lächelte ihr Gegenüber gequält an. „Wie könnte ich das vergessen."

„Ich hab Hunger wie ein Bär. Gibt's hier einen guten Italiener? Ich brauch jetzt erst mal was zu essen, bin den ganzen Tag nicht dazu gekommen. Dann kannst du dir die Briefe durchlesen."

Marie hätte am liebsten laut aufgeschrien. Das lief alles nicht so wie geplant. Jetzt wollte die elende Schlange auch noch mit ihr essen gehen, sie in ein Restaurant und damit unter viele Menschen zwingen. Marie entschied sich für eine Pizzeria in der Bahnstadt, die nicht sehr belebt war. Vielleicht konnte sie das Problem sogar schon vorher lösen.

Die beiden Frauen verließen den Bahnhof auf der Rückseite, überquerten eine viel befahrene Hauptstraße und kamen in das sehr ruhige Viertel. Marie nahm das Rasiermesser aus der Zigarettenschachtel in ihrer Gesäßtasche und klappte die Klinge auf. Warum hatte die hohle Nuss sie überhaupt abgetastet, wenn sie ein so einfaches Versteck nicht fand.

An der nächsten Ecke war es schön dunkel, da würde sie es tun. Doch in diesem Moment hörte sie lautes Gegröle, eine Gruppe Jugendlicher kam ihnen entgegen. Marie ließ ihr Messer wieder zuklappen und zurück in die Tasche gleiten.

Die Pizzeria war übervoll, und fast wäre im Lokal kein Platz mehr frei gewesen. Dann wies ihnen der Kellner einen Tisch am Fenster. Am Nebentisch saßen zwei Teenagerpärchen, die sich mit ihren Smartphones gegenseitig fotografierten. Marie versuchte zwar immer, ihr Gesicht zu verbergen, aber ob ihr das gelang, konnte sie nicht sagen. Es hatte sich wirklich alles gegen sie verschworen. Zu allem Elend saß Nadine mit ihrem wirklich sehr kurzen Rock genau so, dass sich nun auch noch die Hälfte der männlichen Besucher dieses Lokals an sie erinnern würde.

Die Freundin des Professors reichte die Briefe über den Tisch. „Nur Kopien, über den Preis der Originale reden wir dann."

Marie überflog die Seiten. Vreni hatte in ihr lesen können wie in einem Buch, dabei hatte sie Marie immer glauben lassen, dass das, was sie tat, unentdeckt bliebe. Sie hatte sogar mitbekommen, dass sie mit Bernd zusammen gewesen war. Der war fünf Jahre älter als sie und durfte sogar schon Auto fahren.

Marie huschte ein Lächeln übers Gesicht.

Da stand überall Marie, aber eine Marie gab es schon lang nicht mehr. Sollte Nadines Freund doch die Briefe an die Polizei schicken, ändern würde das nichts.

Nur, um Nadine zu beruhigen, sagte sie: „Ich kläre das mit Barbara, du bekommst ihren Erbteil, wenn ich die Originale kriege."

Die Jüngere streckte demonstrativ ihre Hand über den Tisch. „Abgemacht", sagte sie. „Jetzt gehen wir zurück zum Bahnhof, ich muss zu meinem Freund, wir wollen ja nicht, dass er nervös wird."

Marie dachte schon, dass sie die Hexe auch noch einladen

musste, aber zu ihrer Überraschung legte Nadine das Geld auf den kleinen Teller mit der Rechnung und nahm diese an sich.

Als sie auf dem Rückweg wieder an die dunkle Hausecke kamen, zückte Marie erneut ihr Messer und klappte es auf. Noch ein kurzer Kontrollblick nach rechts und links, dann packte sie Nadine und zog die Klinge über die Kehle ihrer Rivalin. Plötzlich kam ein Mann aus dem Hauseingang nur wenige Meter vor ihnen. In einem verzweifelten Versuch, nicht aufzufallen, drehte sie Nadine zu sich um; Blut lief jetzt über ihre weiße Bluse.

„Du sollst in der Hölle schmoren", stammelte Nadine mit ihrem letzten Atemzug, dann glitt sie leblos zu Boden.

Nun war der Mann auf sie aufmerksam geworden. „Brauchen Sie Hilfe?", rief er.

Dann wurde ihm wohl klar, dass die blonde Frau mit der blutgetränkten Bluse ein Messer in der Hand hatte, und dass das Mädel vor ihr in der größer werdenden Blutlache tot war. Schreiend lief er weg.

Marie sah sich um, nahm Nadines Handtasche und rannte. In der Ferne hörte sie die Sirenen der heraneilenden Einsatzfahrzeuge.

Zur selben Zeit, als die erste Erbin starb, landete der zweite auf dem Flughafen Frankfurt am Main. Der fast 80-Jährige war vom Ableben seines Freundes schwer geschockt. Seit Lucas Pensionierung vor über 15 Jahren hatten sich die beiden Männer häufig getroffen, und als der Landsitz neben seinem zum Verkauf stand, hatte er seinen Freund angerufen und so wurden sie so etwas wie Nachbarn.

Kurz nach seiner Pensionierung hatte er seine langjährige Lebensgefährtin geheiratet und wurde im gesegneten Alter von 70 Jahren noch Vater eines wunderbaren Sohnes. Alfred war sowohl Trauzeuge als auch Patenonkel gewesen.

Luca war entsetzt von Frankfurt. Er hatte Florenz oder die

Toskana nie verlassen. Klar hatte er in Filmen gesehen, dass es größere Städte gab. Auch hatte er aus diesen Filmen gelernt, dass es dort zum Teil chaotischer zuging als bei ihm zu Hause, wo laut Alfred der Verkehr das schlimmste Chaos darstellte. Das war aber nicht schlimm, das war ein Chaos, das Luca kannte und zu beherrschen wusste.

Hier jedoch liefen tausende Menschen kreuz und quer und überall blitzte und blinkte es. Der Bahnhof lag unterirdisch unter dem Flughafen. Luca hatte jetzt schon genug von Deutschland. Der ICE brauchte etwas weniger als eine halbe Stunde von Frankfurt nach Heidelberg und war fast dieselbe Zeit verspätet. Immerhin war der Bahnhof in Heidelberg überirdisch.

Eine große beleuchtete Ruine erweckte sein Interesse, die musste er auf jeden Fall besichtigen. Ja, und diese Heiliggeistkirche, in der sein Freund vor einer halben Ewigkeit seine Ausstellung gehabt hatte.

17

Erwin kochte vor Zorn. Hatte er es denn nur mit Deppen und Stümpern zu tun? Der Staatsanwalt hatte nicht einmal gewartet, bis er im Präsidium war, nein, er rief ihn nachts um drei Uhr an und hatte wenig schmeichelhafte Adjektive, mit denen er seine Abteilung, seine Mitarbeiter und nicht zuletzt Erwin als Leiter der Mordkommission umschrieb. Am Ende des fast zehnmünütigen Monologs, den Erwin wortlos über sich ergehen ließ, hatte er so viel verstanden:

Erstens, der Tatort des Mordes an dem überaus angesehenen und über die Stadtgrenzen Heidelbergs hinaus bekannten Historiker und Professor war bis auf die Grundmauern niedergebrannt. Zweitens hatte seine komplette Spurensicherung unter der Leitung einer gewissen Martina Sommer, die er als völlig inkompetent bezeichnete, an historischen Knochenfunden in einem Tunnel ihre Zeit verschwendet. Bis auf zwei Trottel, auch dies war O-Ton, die am Tatort ein Buch, einen historischen Bauplan und einen Stoffelefanten sichergestellt hatten. Für diese Glanzleistung würden sie vom Innenminister persönlich vom Dienst suspendiert werden.

Die letzten Worte hatte er so laut gebrüllt, dass Erwin das Ohr pfiff. Dann erklärte der Anrufer noch mal, was er von seiner Abteilung, von seinen Mitarbeitern und von ihm hielt, aber da hörte Erwin schon nicht mehr hin.

An diesem Morgen hatte er ausnahmslos alle zur Lagebesprechung geladen, auch die beiden ‚Trottel', denn so lange er keinen Brief vom Innenminister hatte, brauchte er jeden Mann.

Zumindest das Ergebnis der Genuntersuchung lag um sieben Uhr schon auf Erwins Schreibtisch. Fassungslos las er Wort für Wort, was in dem Schreiben stand, aber er konnte es nicht verstehen. Das genetische Material des verurteilten Mörders Erwin März stimmte zu 99,9 Prozent mit dem überein, was man von dem Plüschelefant hatte extrahieren können. Keine Übereinstimmung gab es mit dem Leichnam im Tunnel. An der Kleidung der Kinderleiche konnte jedoch die DNA von Marie nachgewiesen werden.

Als wäre das nicht verwirrend genug, gab es einen Zufallstreffer in der Datenbank. Übereinstimmung mit einem Drogendealer und Handydieb aus Speyer. Das Skurrilste an dieser Information war jedoch, dass der Kerl gerade mal 31 war, also zum Todeszeitpunkt acht Jahre alt gewesen sein musste.

Gut, darum sollten sich Gabriele und Manfred kümmern. Er ging in den Besprechungsraum, um Martina und den Rest der Spurensicherung für die nächtliche Störung bluten zu lassen. Doch als er den Raum betrat, saß da nur Gabriele, wie immer unnatürlich wach für die frühe Stunde. Ansonsten war der Raum menschenleer.

Erwin sah sich um. „Hatte ich nicht geschrieben, wir finden uns alle um sieben Uhr hier ein?"

Gabriele nickte.

„Und wo ist dann der Rest?", fragte Erwin.

„Chef, ich kann vieles, hellsehen gehört nicht dazu. Aber wenn du nachts um halb vier eine E-Mail verschickst, könnte es sein, dass die noch keiner gelesen hat", antwortete Gabriele.

Erwin schüttelte resigniert den Kopf. „Wenn Manfred kommt, fährst du mit ihm nach Landau, hier ist die Adresse." Damit drückte er seiner Beamtin einen Zettel in die Hand, auf dem er handschriftlich notiert hatte, wo der nahe Verwandte des Tunnelopfers zuletzt gemeldet gewesen war. „Passt auf, der Kerl hat einiges auf dem Kerbholz, vielleicht ist er auch gefährlich. Fragt ihn, wer das Opfer war und warum es nie vermisst gemeldet wurde. Noch Fragen?"

„Ja." Gabriele hielt ihm den Zettel vor die Nase. „Wer soll diese Hieroglyphen lesen?"

Erwin würdigte das keiner Antwort und verließ genervt den

Raum.

„Und warum ist kein Kaffee da, verdammte Scheiße, muss ich mich hier um alles selber kümmern?", brüllte er, als er die Kaffeeecke erreichte und leer vorfand.

„Weil ich Tee trinke und Manfred mit Kaffeekochen dran ist", rief Gabriele amüsiert aus dem Besprechungsraum, in dem sie noch saß. „Könnte dir aber einen leckeren Kräutertee anbieten."

Ihre letzten Worte gingen im Krachen der Tür unter, die Erwin hinter sich zuknallte, als er in sein Büro gestiefelt war.

18

Februar 1992

Heinz war am Nachmittag in die Stadt gefahren, um im Supermarkt Lebensmittel zu kaufen. Als er bei Bauhaus vorbeikam, besorgte er Folie, einen Seilzug und ein Brecheisen. Er hoffte inständig, nichts vergessen zu haben.

An der Tankstelle kaufe er ein Lutschfinger-Eis, Marie liebte dieses Wassereis. Durch Nichtbeachtung von Geschwindigkeitsbeschränkungen brachte er es sogar heil zu seiner Tochter.

Dann hieß es warten. Heinz schaute mit Marie fern und sie kochten gemeinsam, Pizza, das liebte sie. Die Küche sah aus, als wäre eine Bombe eingeschlagen. Als es dämmerte, brachte er die Kleine ins Bett, gab ihr einen Gutenachtkuss und ging nach draußen. Er holte Spaten und Rechen aus dem Gartenschuppen. Leise lud er die Gartenwerkzeuge in den Kofferraum, obwohl er sich keine Sorgen machen musste, bemerkt zu werden. Das Ferienhaus lag etwas außerhalb von Heiligkreuzsteinach, hier würde keiner darauf achten, was er trieb.

Er hatte geplant, zu warten, bis Marie tief schlief, um dann nach Speyer zu fahren und das Unvermeidliche zu tun. Aber die Kleine wollte nicht schlafen, sie hatte wohl im Gefühl, dass etwas passieren würde. Alleine zurücklassen konnte er sie auch nicht, nicht nach dem, was am Tag zuvor passiert war. Schon bei Tageslicht musste er all sein Verhandlungsgeschick einsetzen, um sie zu überreden, dass er weggehen konnte. Und sie hatte so tapfer auf ihn gewartet.

Kurz vor Mitternacht gab Heinz auf, wickelte Marie in ihre Lieblings-Kuscheldecke ein und setzte sie zusammen mit ihrem so heiß geliebten Elefanten auf die Rückbank seines Wagens.

Es war nur eine etwa einstündige Fahrt in die direkt am Rhein gelegene Pfälzer Kleinstadt. Kaum hatte er den Motor gestartet, war Marie auch schon eingeschlafen. Ziel der Fahrt war ein Friedhof, der von einer fast drei Meter hohen Sandsteinmauer umgeben war. Heinz wollte gerade aus dem Wagen steigen, als ihm auf dem Bürgersteig auf der gegenüberliegenden Straßenseite eine dunkle Gestalt auffiel. Als diese näherkam, sah er, dass es ein Rentner mit einen winzigen Hund war. Geduldig wartete Heinz, bis der Senior hinter der nächsten Häuserecke verschwunden war.

Die Mauer war zu hoch, deswegen ging er an ihr entlang, um zum Eingang zu kommen. Dieser lag am südlichen Ende, ein schmiedeeisernes Tor. Heinz drückte die Klinke nach unten, es war abgeschlossen. Er ging weiter, auf der Rückseite war die Sandsteinmauer nur eineinhalb Meter hoch. Leider grenzte der Friedhof dort auch direkt an einen Bach. Schnell erkannte er, dass dies die beste Chance war, auf das Areal zu kommen.

Als er zurück zu seinem Auto ging, traf ihn fast der Schlag: Ein Polizeiauto fuhr fast in Schritttempo an seinem Wagen vorbei. Wenn jetzt Marie aufwachen und schreien würde, wäre alles aus. Aber der Streifenwagen rollte vorbei und beschleunigte wieder. Heinz beeilte sich. Jetzt hatte er Glück gehabt, aber wenn die noch mal vorbeikommen würden, könnten sie vielleicht doch auf die Idee kommen, sich das Ganze genauer anzusehen.

Er wickelte seine Werkzeuge in die Folie und trug sie die Mauer entlang um den Friedhof. Die letzten Meter watete er durch den eiskalten Bach.

Auf dem Friedhof stellte sich das nächste Problem. Wo war das Grab? Erst jetzt erkannte er die Schwächen seines Plans, er hätte bei Tageslicht kommen und zumindest nachsehen sollen, wo das Grab von Stella Kizakis war. Auf einmal war er sich sicher, dass diese Stella fett oder schlimmer, schwarz sein könnte. Auf jeden Fall würde sie so aussehen, dass Schulz erkannte, dass es nicht seine Marie war.

Der Plan, der ihm so genial erschienen war, nämlich ein anderes, ein bereits totes Mädchen an Maries Stelle in den Tunnel zu legen, kam ihm immer bescheuerter vor. Er nahm sein Feuerzeug aus der Hosentasche, zumindest an eine Taschenlampe hätte er denken können. Hinter den Urnengräbern entdeckte er drei Erdgräber, die mit Kränzen und Blumengestecken geschmückt waren. Am Kopfende steckten noch ganz einfache Holzkreuze, anstatt schwerer Grabsteine. Heinz ging an das erste Kreuz und las „Stella Kizakis *21.11.1981 - +13.02.1992".

Erst schob er die Blumen und Kränze zur Seite, dann fing er an zu graben. Er hatte Glück, dass sich die Erde noch nicht gesetzt hatte und so kam er schnell voran. Nach einer Stunde hatte er einen weißen Sarg freigelegt, der verdammt kurz war.

Das war zu viel, Heinz brach zusammen. Wie lange er über den Sarg gebeugt kniete und seine Tränen auf das weiße Holz tropfen ließ, wusste er später nicht, und wahrscheinlich hätte er noch bei Sonnenaufgang in dem Loch gesessen, aber ein aufheulender Motor drang von draußen, von außerhalb der Sandsteinmauer, zu ihm durch und weckte ihn.

Er nahm sein Brecheisen und hebelte den Sarg auf. Stella war weder schwarz, noch war sie fett, eher schon zu mager. Sogar die Haarfarbe passte. Heinz hob den leichten Körper aus der Grube, dann machte er sich daran, das Loch wieder zu füllen. Zuletzt platzierte er den Blumenschmuck. Schnell wickelte er den Leichnam in die Folie, Spaten und Rechen lehnte er an die Mauer, das Brecheisen flog im hohen Bogen in den Bach. Als er diesmal zurück zu seinen Wagen lief, gab es keine zwei Meinungen, was ein vorbeifahrender Streifenwagen machen würde. Kinderleiche auf der Schulter, von oben bis unten verdreckt – er wäre am Arsch. Aber egal, er hätte eh nicht mehr die Energie gehabt, wegzulaufen.

Am Auto angekommen, stellte er beruhigt fest, dass Marie noch immer friedlich auf der Rückbank schlief. Auf der

Rückfahrt überlegte er, wie er unbemerkt in Heidelberg parken und eine Kinderleiche zum Tunneleingang tragen sollte. Und Marie würde bestimmt nicht ihr neues Kleid hergeben wollen ...

Und dann musste er noch mit dem sauberen Herrn Professor reden. Wenn der nämlich sein Buch zurückhaben wollte, musste er sich um Marie kümmern. Hilde würde es sicherlich das Herz brechen, aber es war die einzige Möglichkeit, seine kleine Prinzessin zu retten.

19

Gabriele musste fast zwei Stunden auf ihren Kollegen warten. Er kam mit Martina, die beiden kicherten wie zwei Teenager und gingen zur Kaffeemaschine. Gabriele wollte Manfred gerade auf seine Arbeitszeiten hinweisen, als Erwin ihr das abnahm. Ihr Vorgesetzter stürmte wie die heilige Inquisition aus seinem Büro und fuhr seinen Untergebenen grußlos an.

„Schon mal das Wort Dienstbeginn gehört? Wo kommst du her?"

„Ich, ähh, Chef, habe verschlafen", stammelte Manfred.

Dann bemerkte Erwin den riesigen goldenen Ring an Manfreds Hand und brüllte: „Und wie oft habe ich dir schon gesagt, dass du im Dienst nicht diesen beschissen großen Ring tragen sollst, schon gar nicht an der Schusshand."

„Komm, Mausibärchen, so darf er nicht mit dir reden, der ist nur frustriert", sprang Martina ihrem Freund zur Seite.

„Ja, und Sie, Frau Sommer, kommen in mein Büro", zischte der Leiter der Mordkommission und setzte im Gehen an Gabriele gewandt hinzu: „Ihr fahrt nach Speyer und befragt diesen Kizakis. Ich hab seiner Bewährungshelferin gesagt, dass ihr euch mit ihr in Verbindung setzt. Und bring den Langschläfer auf den neusten Stand."

Sie hörten noch, wie Erwin zu Martina sagte: „Dienstausweis, Dienstwaffe her. Das war's, du hast genug Scheiße gebaut."

Auf der kurzen Fahrt nach Speyer telefonierte Gabriele mit der Bewährungshelferin des Kleinkriminellen, den sie befragen sollten. Die freundliche Stimme am Telefon sagte ihnen, dass Kosta Kizakis in Hockenheim bei einer Fastfood-Kette arbeitete, fügte aber gleich hinzu, dass er bestimmt nichts ausgefressen habe, er hätte sich in der Zeit in der JVA sehr verändert und eine Lehre zum Koch abgeschlossen.

Zehn Minuten später erreichten die beiden Beamten die angegebene Adresse. An der Kasse stand eine junge Frau, die freundlich fragte, was sie wollten.

Gabriele zeigte ihren Dienstausweis. „Kosta Kizakis, ist der da?"

Die Gefragte wandte sich nach hinten, wo mehrere junge Männer standen und Burger brieten oder Pommes in Fritteusen warfen. Kurz blieb ihr Blick an einem schwarzhaarigen, sehr dünnen Südländer hängen.

Dann antwortete sie: „Ich sehe ihn gerade nicht, wahrscheinlich ist er kurz draußen, eine rauchen."

Ein äußerst fetter Typ trat ihr zur Seite, er hatte ein Headset auf dem Kopf und seine üppige Brust zierte ein winziges Schild mit der Aufschrift „Supervisor". „Schon wieder? Der war erst vor drei Stunden rauchen. Da ist wohl wieder ein Motivationsgespräch fällig", sagte er. Schwerfällig drehte er sich und schaute in die Küche: „Ach nein, da ist er doch!", und zeigte auf den dürren Südländer.

„Herr Kizakis, wir müssen mit Ihnen reden", sagte Manfred und ging um die Theke herum.

Der Angesprochene reagierte blitzschnell und schleuderte die Burgerfrikadellen in Manfreds Richtung. Dieser wehrte die Wurfgeschosse mit dem Unterarm ab. Kosta sprang zur Fritteuse und riss die Körbe aus dem siedend heißen Fett. Dann bewarf er Manfred mit den Pommes. Schließlich rollte sich der Südländer über einen Vorbereitungstisch und räumte dabei Ketchup und Essiggurken ab, um mit ein paar schon abgepackten Burgern nach dem Beamten zu werfen.

Manfred glitt im Fett aus und landete bäuchlings in einer Mischung aus Pommes, Gurken und Ketchup, die er beim Versuch, wieder aufzustehen, zu einem widerlich schmierigen Brei verrieb. Gabriele lachte lauthals, während ihr Kollege sich aufzurichten versuchte, ausrutschte und erneut einen Bauchklatscher in den Dreck machte. Kosta sprang derweil über die Theke und rannte raus auf den Parkplatz. Gabriele war nicht in der Lage, zu folgen, sie hielt sich immer noch den Bauch vor Lachen.

Der Dicke tobte. „Das zieh ich alles vom Gehalt ab, du bist

entlassen."

Manfred rannte nach vorn. „Los, hinterher, den Arsch kaufen wir uns." Mit diesen Worten stürzte er zur Glastür.

Der Flüchtige war inzwischen bei seinem Auto angekommen. Gerade als Manfred nach draußen auf den Parkplatz stürmte, öffnete Kosta den Kofferraum seines alten, klapprigen Seats und heraus sprangen zwei riesige Kampfhunde. Manfred stockte in der Bewegung, wirbelte herum und rannte zurück, die Augen weit aufgerissen. Im letzten Moment konnte er die Tür hinter sich zuwerfen.

„Ruf Verstärkung!", brüllte er Gabriele zu.

Dann passierte etwas, womit keiner gerechnet hatte. Eine zierliche Brünette kam herein. Sie hatte Kosta am Ohr und zog ihn hinter sich zurück ins Restaurant. Als sie die Tür öffnete, sagte sie zu den beiden Bestien, die davor tobten: „Sitz", und augenblicklich saßen die beiden Hunde wie eingefroren.

„Mein Verlobter möchte sich gerne für die Unannehmlichkeiten entschuldigen, die er verursacht hat", verkündete die Brünette und dann zu ihrem Partner: „Wie sagt man?"

Kosta sagte kleinlaut: „Es tut mir leid."

„Dafür wanderst du zurück in den Bau", zischte Manfred hasserfüllt. „Dieses Hemd war von Joop und die Hose von Gucci. Meine Klamotten kosten mehr, als du hier im Monat verdienst."

Das Mädchen von der Kasse meldete sich wieder und winkte mit ihrem Smartphone. „Cooles Video, gibt bestimmt viele Likes!"

„Löschen!", brüllte Manfred.

„Gerne, wenn Kosta nicht wieder ins Gefängnis muss."

Manfreds Augen funkelten vor Zorn, aber er war ein eitler Pfau und so sagte er: „Okay, geht klar. Lösch es."

Gabriele bewunderte das Mädel. Sie hatte die Blondine immer im Blick gehabt und gefilmt hatte die gar nichts. Sie würde ihr wenn sie gingen mal die Bewerbungsadresse für die Polizei da lassen.

Während Manfred mit dem Dienstwagen nach Hause fuhr, um seine Garderobe wieder auf Vordermann zu bringen, befragte Gabriele den Südländer im Pausenraum des Fastfood-Restaurants.

„Vielleicht hast du davon gehört, wir haben in Heidelberg die Leiche eines Mädchens gefunden."

Kosta sah die Beamtin entsetzt an. „Ich hab Drogen verkauft, ja, und ein paar Handys geklaut, aber ich hab doch nie einem Kind was getan!"

„Darum geht es nicht. Wir wollen rausfinden, wer das Opfer ist. Sie muss mit dir verwandt sein, wahrscheinlich im Frühjahr 1992 gestorben. Sie war ungefähr zehn Jahre alt. Fällt dir jemand ein, der das sein könnte?"

„Zehn Jahre, 1992. Meine große Schwester Stella, aber sie starb an Krebs", erzählte Kosta stockend.

Gabriele erinnerte sich zurück an den Autopsiebericht. „Konnte Stella noch laufen?", fragte sie.

„In den letzten Monaten nicht mehr. Sie kam nicht mal mehr aus dem Bett."

„Wo liegt sie begraben?"

„Am Kapitelsfriedhof, am Rande vom Adenauer-Park, in Speyer. Warum?"

„Das wird jetzt nicht einfach für dich, aber wir müssen wissen, ob es deine Schwester ist, die in diesem Grab liegt. Wir müssen es öffnen." Gabriele stand auf. „Ich muss mit meinem Vorgesetzten reden, der muss das abklären. Ihr könnt wieder an die Arbeit gehen. Falls dein Supervisor da draußen Stress macht, kannst du ihn reinschicken, ich kläre gern mit ihm, wer hier entlassen wird."

Der Grieche lachte. „Der kann niemand entlassen, der hat nicht mal genug Bewerber, um den Laden richtig am Laufen zu halten. Wenn er mich feuert, wendet er selbst Burger, und das zu sehen wäre mir die Kündigung fast wert." Dann

verfinsterte sich seine Miene und er wurde sehr ernst: „Wenn ihr das Grab von meiner Schwester öffnet, will ich dabei sein. Ich muss wissen, ob sie dort ist."
Gabriele nickte und trat vor die Tür des Pausenraums.

Erwin hatte bis zu Gabrieles Anruf mit Martina geredet. Nachdem sie gemerkt hatte, dass es ihrem Vorgesetzten wirklich ernst war und er sie suspendieren würde, war sie plötzlich lammfromm. Sie erklärte, dass sie im Tunnel 20 männliche Leichen gefunden hatten und dies ihre gesamte Manpower dort band. Es handelte sich um Soldaten, und es könnte durchaus auch hier Mord sein. Sie hatten auf die Tür geschossen, aber der Kern der Tür war eine drei Zentimeter dicke Metallplatte. Alle Männer waren durch einen Kopfschuss getötet worden.
Dann sagte Martina etwas, das Erwin bis zum Anruf von Gabriele zu denken gab. „Wir haben die Tür offen vorgefunden. Jemand war dort unten, der den Schlüssel hatte. Wir sind den Gang unter dem Neckar durch bis zum Startpunkt gelaufen. Er beginnt im Schloss und kommt in einem Keller des Palasts raus. In die andere Richtung kamen wir nur 400 Meter, dort war der Tunnel eingestürzt."
Erwin schickte sie zurück zur Arbeit, aber der Satz „jemand, der den Schlüssel hatte", der wollte ihm nicht mehr aus dem Kopf gehen.
Gabriele erzählte am Telefon von Stella Kizakis und dass sie das Grab öffnen lassen wollte, um festzustellen, ob das Kind dort wirklich begraben lag.
Gut zwei Stunden später, der Richter war gerade zu Tisch und so verzögerte sich der Einsatz, traf er sich mit seinen Beamten und mit zwei mit Spaten und Schippen bewaffneten Friedhofsgärtnern in Speyer auf dem Kapitelsfriedhof.
Erwin verwirrte der Anblick von Manfred, er hatte noch genau vor Augen, wie der am Vormittag ins Büro gekommen war und er hätte schwören können, dass er was anderes

angehabt hatte.

Die Gärtner gruben fast zwei Stunden, dann erreichten sie die Überreste des Sargs. Kosta, der bis dahin etwas abseits gestanden und eine Zigarette nach der Anderen geraucht hatte, trat zu Ihnen. Auf den ersten Blick war klar, dass hier niemand begraben war.

20

Januar 1988

Am Tag vor der Eröffnung ging Alfred ein letztes Mal mit dem Experten von der Versicherung alle Alarmsysteme durch.

Allein für die Installation der Kameras und der Sensoren, Glasbruchmelder, Tür- und Fensterwächter waren Kosten im hohen fünfstelligen D-Mark-Bereich angefallen. Dazu kam, dass ein altes Gemäuer wie die Heiliggeistkirche nicht dafür gebaut war, mit einer Alarmanlage gesichert zu werden. Jedes Stromkabel musste neu gelegt, alle Halterungen angeschraubt werden und dann dieser verdammte Denkmalschutz, der den Handwerkern unnötig das Leben schwermachte. Nicht zu vergessen der Transport der Ausstellungsstücke von Florenz nach Heidelberg und die enormen Versicherungsprovisionen.

Diese Flut an Kosten führte dazu, dass er 15 Mark Eintritt verlangen musste, um die Ausgaben wieder reinholen zu können. 15 Mark waren eine ganze Menge. Dafür konnte man mit der ganzen Familie ein Eis essen gehen oder drei Mal ins Kino, zwei Mal mit Getränk und Popcorn.

Es sollte ein sehr stressiger Nachmittag und eine noch viel stressigere Nacht werden. Bis in die Morgenstunden wurde gearbeitet, um alle Ausstellungsstücke an Ort und Stelle zu bringen. Alfred hätte lieber einen Tag mehr Zeit gehabt, aber das Museum Palazzo Medici Riccardi war nur zu einer Leihgabe von drei Monaten bereit gewesen. Bei den massiven Ausgaben zählte jeder Tag.

Am Eröffnungstag fand um zehn Uhr ein Empfang mit dem Bürgermeister und dem Ministerpräsidenten statt. Letzterer ließ sich leider entschuldigen, in diesem Jahr hatte Baden-Württemberg die Bundesratspräsidentschaft inne und daher war er gefragter denn je. Alfred bedauerte dies, immerhin war der Mann zwei Mal mit absoluter Mehrheit gewählt worden und sehr beliebt bei der Bevölkerung, so jemand hätte seiner Eröffnung den nötigen Glanz verleihen.

Das Symphonieorchester des Süddeutschen Rundfunks war für die musikalische Untermalung der Veranstaltung verantwortlich. Sogar das Fernsehen berichtete live im dritten Programm, zwei Radiosender waren da und gut ein Dutzend Tageszeitungen berichteten ebenfalls.

Die Eröffnungsfeier war ein voller Erfolg und die Schlange derer, die in seine Ausstellung wollten, reichte fast um das gesamte Gotteshaus. Auf dem Marktplatz um die Heiliggeistkirche spielten sich Szenen ab, wie man sie sich beim Goldrausch im Wilden Westen Ende des 18. Jahrhunderts vorstellte. Eisverkäufer mit dreirädrigen Fahrrädern, auf denen sie ihre kalte Süßigkeit an den Mann bringen wollten. Postkartenverkäufer mit Motiven von Dante, Florenz oder Heidelberg. Es wurden Souvenirs jeder Preisklasse angeboten, sogar ein Bierstand und ein Bratwurststand waren aufgebaut worden. An all dem verdiente sich die Kirche eine goldene Nase, zusätzlich zu der beträchtlichen Pacht, die sie von Professor Bauer und seinen Gönnern verlangte.

Alfred arbeitete Tag und Nacht. Tagsüber stand er interessierten Besuchern, Presse und Geldgebern Rede und Antwort. Nachts arbeitete er an einer perfekten Kopie von Dantes *Paradiso*, dem dritten Buch der *Göttlichen Komödie*. Es waren diese 33 Verse, die ihn immer schon am meisten in den Bann gezogen hatten. Als es dem Ende der Ausstellung entgegenging, wurde der Ansturm der Besucher so groß, dass die individuellen Besuchszeiten begrenzt werden mussten. Die letzten sieben Tage blieb die Ausstellung rund um die Uhr geöffnet.

Nach drei Monaten war der Spuk vorbei, die Helfer packten die Exponate in Kisten und Alfred tauschte sein Duplikat mit dem originalen Buch aus. Er verpackte es sicher und versteckte es im Eingang zum unterirdischen Tunnel. Später würde er es in Sicherheit bringen, aber jetzt konnte er nicht verschwinden, das würde zu sehr auffallen.

Auch die Abbauarbeiten dauerten die ganze Nacht und der letzte Lastwagen kam erst 30 Minuten vor dem Abflug an der Lufthansamaschine an. Die Presse feierte Alfred, die Ausstellung war ein voller Erfolg gewesen, auch finanziell. Und so wurde der Name von Professor Alfred Bauer weit über die Stadtgrenzen von Heidelberg bekannt.

Tage nach der Ausstellung traute sich Alfred erstmalig in den Tunnel zu seinem Buch. Erfreut hatte er zur Kenntnis genommen, dass es keinen empörten Aufschrei aus Florenz gegeben hatte, keine Anschuldigungen, das Buch wäre in Heidelberg ausgetauscht worden.

Das Original war in einem luft- und wasserdichten Behältnis verstaut, sodass er es auch Jahre im Tunnel versteckt hätte liegenlassen können, ohne dass seinem Schatz etwas passiert wäre. Erst jetzt kam ihm der Gedanke, dass er sich den Gang genauer hätte ansehen sollen, es war immerhin möglich, dass er eingestürzt war. Aber in den letzten Monaten hatte er einfach zu viel um die Ohren gehabt.

Alfred zählte seine Schritte. Er hatte ausgerechnet, dass er gut 1.200 brauchen würde, um zu dem Ausstieg an der alten Brücke zu gelangen. Dort angekommen sah er, dass dieser Ausgang in der Tat verschüttet war, Geröll war herabgestürzt. Der Professor erinnerte sich an die Erzählungen seines Vaters und ahnte, dass dies wohl der Sprengung der Brücke in den letzten Kriegstagen geschuldet war.

Vor ihm befand sich eine schwere Tür, es musste jene sein, die sein alter Herr vor den Verfolgern verschlossen hatte, um ihnen zu entkommen. Er öffnete sie und schreckte zurück. Dort lagen die Soldaten, denen sein Vater vor über 40 Jahren den Rückweg versperrt hatte, die er hatte sterben lassen wie Ratten in der Falle. Er schaute sich die Rückseite der Tür an, das Holz war zerfetzt von den Gewehrkugeln der Männer, aber durch den massiven Bleikern waren sie mit ihren Geschossen nicht durchgekommen.

Vorsichtig stieg er über die Knochen. Der Gang führte jetzt bergauf. Er musste fast eine halbe Stunde gehen, bis er wieder an eine Tür kam. Diese war unverschlossen. Der kreisrunde Raum dahinter war fast drei Meter hoch, die Decke bestand aus massivem Sandstein. Sonst war hier wenig.

Auf der gegenüberliegenden Seite lag eine Metalltür, jedoch viel neuer als die, die er zuvor benutzt hatte. Dies musste der Zugang zu der Tunnelerweiterung zur Thingstätte hin sein, die von den Nazis Ende 1944 gebaut worden war. Alfred ging hinüber, aber die Tür war verschlossen. Ungefähr in der Mitte zwischen den beiden Türen an der Ostseite war ein großer Hebel und er überlegte, ob er ihn betätigen sollte. Natürlich konnte es eine Falle sein. Nur hätte diese der Architekt nicht in seinem Plan vermerkt. Alfred nahm all seinen Mut und auch seine Kraft zusammen und drückte den Hebel nach unten.

Drei Meter über ihm schwang die Steinplatte zur Seite. Weit oben erblickte er durch eine kreisrunde Öffnung Tageslicht. Langsam wurde Alfred klar, in welch auswegloser Situation sein Vater die Kameraden zurückgelassen hatte.

Der Professor stellte seinen Schatz an die Wand und ließ die Decke wieder zurückschwingen. Wehmütig dachte er daran, dass er das Buch hier unten versteckt halten musste, zumindest, bis er sich ganz sicher sein konnte, dass seine Fälschung nicht entdeckt wurde. Dann machte er sich auf den Rückweg.

Kurz vor der Stelle mit den toten Soldaten glaubte er, einen Lichtschimmer durch die Deckenbalken zu sehen. Er würde wiederkommen und herausfinden, ob es doch noch einen weiteren Ausstieg aus dem Tunnel gab.

21

Februar 1992

Heinz März war am Ende seiner Kraft. Er hatte keine andere Möglichkeit gesehen, als in Ziegelhausen seinen Wagen abzustellen, um das bedauernswerte Mädchen zum Einstieg des Tunnels zu tragen. Es war ihm vollkommen klar, dass er sich einen Strick nehmen konnte, sollte ihn jemand sehen, wie er nachts ein totes Mädchen durch den Wald trug.

Schon so waren seine Aussichten schlecht. Im Radio hatte er gehört, dass seine Frau ihn und Marie als vermisst gemeldet hatte. Was er ihr sagen sollte, wusste er noch nicht, aber alles zu seiner Zeit. Darum würde er sich kümmern, wenn es so weit war.

Ihm war schon übel geworden, als er dem toten Kind Maries Kleidchen anziehen musste, und dann noch der Gestank; Er konnte sich nicht mal mehr in die Toilette retten, sondern übergab sich gleich an Ort und Stelle. Da war es nicht hilfreich, dass Marie so gar nicht bereit war, ihr Weihnachtsgeschenk kampflos aufzugeben. Erst als er versprach, dass sie zwei neue Kleider bekäme, konnte er es haben. Immerhin machte sie bei diesem Regenponcho und den Schuhen nicht so ein Theater. Wenn dieser Schulz auf den Trick reinfallen sollte, dann musste er die Leiche im Tunnel für Marie halten, nur so war seine Tochter sicher.

Immer wieder musste er die Leiche ablegen, aber die 20 Kilo wurden von Schritt zu Schritt schwerer. Als Heinz nach Stunden endlich den Einstieg zum Tunnel gefunden hatte, fehlte ihm die Kraft, das Kind auch noch in die Tiefe zu tragen und dort sauber abzulegen. Er mobilisierte seine letzten Reserven und wuchtete den Leichnam über die Öffnung, dann ließ er los. Wie er von hier zu seinem Auto kommen sollte, wusste er nicht. Er gab alle Vorsicht auf und lief auf der Straße, denn er hatte keine Energie mehr, sich durch den Wald zu kämpfen. Und schon wie die Tage zuvor schien er unsichtbar zu sein. Als er beim Ferienhaus ankam, war es schon Mittag, Marie wach und in heller Panik. So aufgewühlt wie die Kleine jetzt war, war an Schlaf nicht zu denken.

Ihm war wieder eingefallen, wer für die Ausstellung über Dante verantwortlich gewesen war. Im Telefonbuch von Heidelberg gab es zwar unzählige Einträge dieses Nachnamens, aber zu seiner Erleichterung nur einen Professor. Heinz hatte den ganzen Tag versucht, ihn telefonisch zu erreichen. Am Abend setzte er Marie ins Auto, schnappte die Kiste mit dem Buch und fuhr mit ihr zu der im Telefonbuch angegeben Adresse. Zuvor hatte er auf dem Stadtplan von Heidelberg nach der Straße gesucht und herausgefunden, dass er nach Wieblingen musste. Er landete in einer piekfeinen Gegend. Hier würde es Marie gut haben.

Das Grundstück war von einem hohen, massiven Zaun umgeben und an einem schweren Eisentor war eine Klingel mit Gegensprechanlage angebracht. Heinz läutete. Wie nicht anders zu erwarten, versuchte ihn der feine Herr erst mal abzuwimmeln. Erst als Heinz bluffte und drohte, mit der Polizei wiederzukommen, weil er Beweise dafür habe, dass der Professor ein Dieb sei, schwang die Tür wie von Geisterhand auf.

Marie war zum Glück bei der Autofahrt eingedöst, also schnappte sich Heinz das Buch und betrat die Villa des Professors. Durch ein gewaltiges Eingangsportal gelangte er in eine Halle. Aus einer Tür im Erdgeschoss trat ihm ein adrett gekleideter Mann mittleren Alters entgegen.

„Gut, sagen Sie, was Sie zu sagen haben und verschwinden Sie wieder!", empfing ihn der Hausherr.

„Kennen Sie das?" Heinz zeigte dem Mann das Buch. Ihm entging das ungewollte Zusammenzucken seines Gegenübers nicht.

„Kommen Sie erst mal rein, wir müssen ja nicht hier zwischen Tür und Angel reden. Ich meine, ich kann mir ja zumindest anhören, was Sie zu sagen haben." Jetzt klang der Professor schon viel freundlicher.

Er ging mit ihm in sein Arbeitszimmer. So ordentlich und aufgeräumt das Haus wirkte, so groß war hier der Gegensatz. Bücher, Ordner, Papiere und Hefte lagen wild verteilt auf dem Schreibtisch.

„Wo haben Sie das Buch her?", wollte Alfred Bauer wissen.

„Nennen wir es mal einen Tunnelfund", antwortete Heinz vage.

„Ich verstehe", sagte Bauer und nach kurzem Schweigen fügte er an: „Gehen wir mal davon aus, das Buch gehört mir. Was wollen Sie dafür? Geld?"

„Nein, ich will nichts für mich. Was mit mir passiert, ist sogar völlig egal", erklärt Heinz.

„Aber was wollen Sie dann von mir?"

„Wissen Sie, Herr Bauer ... sind Sie Vater?"

Der Professor schüttelte den Kopf.

Heinz fuhr fort. „Dann verstehen Sie mich jetzt vielleicht nicht. Ich habe eine Tochter und sie soll sterben, für einen Fehler, den ich gemacht habe. Meine Kleine muss verschwinden, sie darf von meinen Feinden niemals gefunden werden, verstehen Sie? Ich will nichts weiter von Ihnen, als dass Sie meine Marie bei sich aufnehmen und dafür sorgen, dass nie jemand ihre Identität herausfindet. Sollte jemals herauskommen, dass sie noch lebt ..." Heinz kämpfte mit den Tränen und sagte dann: „Retten Sie meine Marie. Was mit mir passiert, ist egal. Niemand darf erfahren, dass sie noch lebt, egal, was passiert. Versprechen Sie mir das." Damit legte er das Buch demonstrativ auf den Schreibtisch des Professors. „Ich werde sie mal holen."

Als Heinz wenig später mit seiner Tochter das Arbeitszimmer betrat, lag das Buch nicht mehr auf dem Tisch. Der Professor kam um seinen Schreibtisch und reichte Heinz die Hand.

„Ich verspreche Ihnen, ich werde alles in meiner Macht stehende tun, um Ihre Tochter zu schützen."

Dann folgten die schlimmsten zehn Minuten in Heinz' Leben, er musste sich von seiner Marie verabschieden. Als er danach wieder im Auto saß, war er ausgebrannt und unmenschlich müde. Aber jetzt, da er wusste, dass sie in Sicherheit war, konnte er sich in sein Schicksal ergeben.

Er fuhr nach Hause, wo ihn Hilde sofort anbrüllte.

„Du kannst nicht einfach abhauen, ohne was zu sagen, ich bin fast umgekommen vor Sorge. Wo kommst du her? Wo warst du die letzten Tage?" Dann fiel ihr etwas auf, das alle Farbe aus ihrem Gesicht weichen ließ. „Wo ist Marie?", fragte sie. „Was hast du mit ihr gemacht?"

Er ging einfach an ihr vorbei ins Schlafzimmer, zog sich nicht mal aus und legte sich, wie er war, auf seine Seite des Doppelbettes. Dort schlief er sofort ein.

Zwei uniformierte Polizisten weckten ihn sehr unsanft. Heinz hatte beschlossen, nichts zu sagen, zu groß war seine Angst, sich zu verplappern und damit Marie in Gefahr zu bringen. Sein Auto wurde von der Spurensicherung untersucht. Der Leichenspürhund schlug an, dem Vierbeiner war es egal, dass er die falsche Leiche roch. Aber Heinz wurde sofort festgenommen.

Natürlich waren sie auch in seinem Ferienhaus, wo sie die Rechnung für die Schaufel und die anderen Gartengeräte und eine Kunststoffplane fanden, und natürlich schlug der verdammte Leichenspürhund bei der auch an, genau wie im Haus. Der Leiche im Haus Maries Kleider anzuziehen, erwies sich nun doch als ziemlich dumme Idee.

Heinz schwieg weiter.

Der Prozess dauerte nicht mal zwei Wochen, dann wurde er als Kindsmörder zu lebenslanger Haft verurteilt. Seine Frau sprach nie mehr ein Wort mit ihm; das Letzte, was er erfuhr, war, dass er nun ein geschiedener Mann war.

Unterhaltszahlungen blieben ihm aber erspart.

22

Erwin war nicht lange auf dem Friedhof. Die Mitarbeiter des Friedhofs hatten gerade mit ihrer Arbeit begonnen, als sein Mobiltelefon läutete. Der Anruf ließ ihn aufhorchen. Nadine Keller, eine der drei Erben des Professors, war in der Heidelberger Bahnstadt ermordet worden. Dass sie überhaupt wussten, wer das Mordopfer war, verdankten sie einem Zufall. Nadine war zuvor mit ihrer Mörderin Pizza essen gegangen und hatte beim Verlassen des Restaurants ihren Geldbeutel verloren.

Es war nicht viel drin, ein Bahnticket von Stuttgart nach Heidelberg und eines in derselben Nacht zurück in die Landeshauptstadt. 20 Euro in Bar, mehrere Kreditkarten und ein Führerschein, alles ausgestellt auf Nadine Keller, wohnhaft in Stuttgart.

Erwin reagierte blitzschnell, er schrieb Luca Skalletti und Barbara Heusser zur Fahndung aus, denn die Leben der beiden verbleibenden Erben des Professors, da war er sich sicher, waren in ernster Gefahr. Ein Anruf bestätigte Erwins schlimmste Vermutungen. Der Italiener war schon am Vorabend in Heidelberg angekommen und im gebuchten Hotel eingecheckt, aber von Barbara Heusser fehlte jede Spur. Der Notar erklärte, dass er für alle Erben Zimmer im Maritim Hotel gebucht hatte, bezogen hätte dieses bisher nur der Italiener.

Erwin rief in der Schweiz an, er musste herausfinden, ob sich die Erbin überhaupt auf den Weg nach Heidelberg gemacht hatte. Er wurde mit einem Bernd Steiner verbunden, nach Aussage der Dame, die seinen Anruf entgegennahm, der Polizeikommandant des Kantons Zürich. Erwin schilderte dem Schweizer die Lage und dieser versprach, sofort Polizisten in den kleinen Ort in den Bergen zu schicken. Er würde sich melden, wenn er Antworten hatte. Dann kümmerte sich Erwin um den Italiener und nur Minuten später rasten zwei Streifenwagen mit Blaulicht zu dem direkt am Necker etwas außerhalb der Altstadt gelegenen Hotel.

Skalletti wollte an diesem Tag zum Schloss. Er trank in einer Bäckereifiale einen Espresso und war entsetzt darüber, was man in diesem Land alles Kaffee nennen durfte. In Florenz gab es in jedem Straßencafé frischen Espresso für unter einen Euro, hier kostete es mehr als das Doppelte.
Am Bismarckplatz lernte er, dass es hier zwar ebensoviele Autos gab, aber alles viel geordneter ablief. Busse und Straßenbahnen waren sündhaft teuer und fast leer. Luca schlenderte die Fußgängerzone entlang und betrachtete die Auslagen in den Schaufenstern. Kurz wurde er auf zwei uniformierte Polizisten aufmerksam, die Passanten ein Foto zeigten. Luca wollte schon hingehen, da fiel sein Blick auf ein Geschäft, das Postkarten und Souvenirs anbot. Er betrat den winzigen Laden und schrieb den fast identischen Satz auf immer gleich aussehende Postkarten. Dann kaufte er noch Heidelberg-Schlüsselanhänger, Flaschenöffner und einen Aschenbecher mit dem Bild vom Schloss und einem „I love Heidelberg"-Schriftzug.
Kurz vor der Heiliggeistkirche entdeckte er eine Eisdiele, die für „original italienisches Eis" warb. Luca konnte nicht widerstehen, er musste sich drei Kugeln in der Waffel kaufen, aber ihm drehte sich der Magen um. Wütend stürmte er zum Geschäftsführer und fuhr den völlig verdatterten Rumänen an, welch eine Schande er für sein Land sei. Leider tat er dies auf Italienisch und der Osteuropäer verstand kein Wort.
Nach dieser Enttäuschung zog es ihn weiter zu seinem ersten Ziel an diesem Tag. Die Heiliggeistkirche war 1413 von Kurfürst Ruprecht III erbaut worden. Luca konnte sich für den von außen eher schlicht anmutenden Sandsteinbau nicht erwärmen, da war er aus Florenz ganz anderes gewohnt.

Danach ging es zur Bergbahn und mit dieser hoch zum Schloss. Als er ausstieg, sah er wieder uniformierte Beamte, die Fotos herumreichten. Diesmal ging er hin. Auf einmal zeigte eine kleine Asiatin auf ihn und sagte etwas in einer unverständlichen Sprache. Dann sagte ein sehr dicker Mann in kariertem Hemd und Lederhose in einem fürchterlichen Deutsch: „Do schau, do is ea jo, hoidet ihn."

Jetzt drehte sich auch einer der Polizisten zu ihm um, und er konnte sehen, was auf den Foto zu sehen war. Es war ein Bild von ihm selbst. Luca zuckte zusammen. Was hatte er getan, dass er gesucht wurde? Zu seiner Erleichterung reagierte der Beamte nicht gestresst oder aggressiv auf ihn, sondern wirkte eher erleichtert.

„Gut, dass wir Sie gefunden haben", erklärte der sehr junge Polizist mit sich vor Aufregung überschlagender Stimme und sagte dann etwas leiser, sodass die Umstehenden nicht jedes Wort mitbekamen: „Ihr Leben ist in Gefahr."

„Junger Mann, ich bin 80 Jahre alt, habe Übergewicht, Bluthochdruck und trinke zu viel Kaffee. Morgens aufzuwachen und nicht tot zu sein bedeutet Lebensgefahr für mich."

Einige der Umstehenden, die der zweite Polizist nicht zum Weitergehen animieren konnte, lachten, andere nickten zustimmend.

„Sie müssen sofort mit uns kommen, jemand will Sie umbringen", verkündete der Kollege des jungen Beamten.

„Wenn mich jemand ermorden will, soll er sich damit gedulden, bis ich das Schloss besichtigt habe. Das trifft im Übrigen auch auf Sie beide zu."

„Was meinen sie?"

„Nun, auch Sie müssen sich gedulden. Ich gehe jetzt in dieses Schloss."

Die beiden Polizisten hielten Luca nicht von seinem Vorhaben ab, ließen ihn aber auch nicht einfach so das Schloss besichtigen, sondern folgten ihm auf Schritt und Tritt.

Während die uniformierten Beamte verzweifelt versuchten, den uneinsichtigen Südländer vor Gefahren zu schützen, bekam Erwin einen erschreckenden Anruf. Barbara Heusser war am Vortag mit dem PKW nach Heidelberg aufgebrochen. Er hatte sich gerade einen zweiten Kaffee eingegossen, da läutete erneut sein Telefon.

Der Lebensgefährte von Nadine Keller, ein Fotograf namens Alexander Bernauer, hatte sich bei der Polizei in Stuttgart gemeldet. Seine Freundin wäre am Vortag nach Heidelberg gefahren, um sich mit Marie März zu treffen, und hätte ihm aufgetragen, mit kompromittierenden Briefen zur Polizei zu gehen, falls ihr etwas zustoßen sollte.

Die Briefe waren von einer Vreni Heusser an Alfred Bauer gerichtet und erzählten hauptsächlich von Marie. In einem dieser Briefe schrieb die Absenderin, dass sie eine Pfeife in Maries Zimmer gefunden hätte. Sie befürchtete, dass Marie den Besitzer getötet hätte, um eine Barbara zu schützen.

Erwin versprach, dass seine Beamten nach Stuttgart kommen würden, um die Briefe abzuholen. Dann erklärte der Kollege aus Stuttgart, dass Alexander Bernauer auch der Fotograf sei, bei dem Nadine Keller zur Tatzeit im Mordfall Bauer ihr angebliches Modeshooting gehabt hatte.

Als Erwin das Gespräch beendete, fragte er sich, warum er mitten in der Nacht geweckt worden war – so schlecht war seine Abteilung ja doch nicht.

23

Marie lebte nun schon zwei Wochen bei Alfred und er wusste nicht mehr weiter, das kleine Mädchen war so unglücklich. Täglich fragte sie nach ihrem Vater. Was sollte er antworten? Wenn es um zwischenmenschliche Dinge ging, war er hilflos. Ihm war nie in den Sinn gekommen, dass er schon sein halbes Leben lang alleine war. Klar hatte er Freunde und Kollegen, die ihn schätzten, aber er war alleine.

Zu dieser Villa hier am Stadtrand von Heidelberg hatte neben ihm nur noch eine Person einen Schlüssel und das war seine Putzfrau. Früher war da noch eine Köchin gewesen, aber er aß seit Jahren in der Unimensa. Als die Köchin, die bereits von seinen Eltern angestellt worden war, in ihren wohlverdienten Ruhestand gegangen war, hatte er die Stelle nicht neu besetzt. In seiner Küche wurde seit Jahren nur noch Kaffee gekocht und dazu hatte er einen sündhaft teuren Kaffeevollautomaten.

Seine Gedanken kamen zurück zu dem kleinen Mädchen. Für sie hatte er fast den kompletten Spielzeugladen leer gekauft. Jetzt hatte sie ein Zimmer voll mit den schönsten und teuersten Spielsachen, aber spielen wollte sie nur mit ihrem schmuddeligen Elefanten.

Ihren Vater, so wusste er aus der Zeitung, hatte die Polizei wegen Mordverdacht festgenommen. Was sollte er nur tun, wenn sie ihn verurteilen? Er konnte doch nicht zulassen, dass ein unschuldiger Mann ins Gefängnis ging. Alfred redete sich ein, dass es schon nicht so weit kommen würde, immerhin lebten sie ja in einem Rechtsstaat und in einem solchen wurden unschuldige Menschen nicht ins Gefängnis geworfen. So was passierte in Diktaturen, in Ländern der Dritten Welt, aber nicht hier.

In diesem Moment kam ihm ein Gedanke, der ihm Hoffnung gab. Er glaubte zu wissen, was sie glücklicher machen und auf andere Gedanken bringen würde. Sie musste raus aus ihrer gewohnten Umgebung, sie musste irgendwohin, wo es schön war und sie Ablenkung fand. Am nächsten Tag rief er seinen Chef an und erklärte dem fassungslosen Rektor der Universität, dass er die letzten Wochen des Semesters ausfallen würde.

Als er das geklärt hatte, packte er ihre Koffer und fuhr mit Marie in die Schweiz. Zu Vreni Heusser, einer Frau, die ihm vor vielen Jahren sehr viel bedeutet hatte. Sie hatte ihm schon vor Jahren angeboten, er solle sie mal auf ihrer Alm besuchen und so gerne er sie gesehen hätte, hatte er sich doch nie getraut, sie zu besuchen.

Seine Freundin lebte weit oben in den Alpen. Mit einer Lastenseilbahn ging es hoch, das Haus stand einsam auf 2.000 Metern auf einem Berggrat. Die Alm war umgeben von Wiesen, es gab dort Ziegen, Kühe und ein paar Hühner, die frei herumliefen. Wenn man ins Tal sah, hatte man einen wunderschönen Blick auf den Ort, der eigentlich nur eine Ansammlung von Höfen war. Wenn man dem Bachverlauf weiter folgte, kam die Talsperre, ein großer See mit fast türkisem Wasser.

Alfred unternahm eine lange Wanderung mit Marie, sie sollte ihre neue Umgebung kennenlernen. Zu seiner Freude lachte sie zum ersten Mal, seit sie bei ihm war, und wirkte glücklich. Der Professor war schon fast beruhigt, aber als es Abend wurde, wollte Marie nicht einschlafen. Er kannte das von den vorangegangenen Tagen, doch hatte er gehofft, dass es an diesem Abend anders sein würde.

Er setzte sich zu dem kleinen Mädchen ans Bett. „Bist du denn gar nicht müde?", fragte er.

„Papi liest mir immer eine Geschichte vor", verkündete sie.

„Ja, Geschichte vorlesen, klar." Alfred ging aus dem Zimmer und kam nach kurzer Zeit mit einem dicken Wälzer zurück, auf dem die Worte „Grimms Märchen" standen. „So, was willst du hören?", fragte er.

„Was Schönes, was mit einer Prinzessin und einem Prinz, ja, und einem Pferd", antwortete Marie mit leuchtenden Augen.

Alfred hatte nie eines der Märchen gelesen, er hatte keine Ahnung, um was es bei den Geschichten in diesem Buch ging. Er blätterte ein wenig und fragte auf gut Glück: „Rotkäppchen?"

„Ist voll doof, da frisst der böse Wolf die Oma von einem Mädchen und will das dann auch noch essen."

Alfred war irritiert. „Nein, das nicht", sagte er. „Wie wäre es mit Hänsel und Gretel?"

„Ist noch viel doofer, da will eine Hexe zwei Kinder fressen", erklärte die Kleine.

Alfred war sprachlos, so was wurde Kindern vorgelesen? Er studierte weiter das Inhaltsverzeichnis. „Schneewittchen?", fragte er, schon das Schlimmste erwartend.

„Oh ja, das ist toll", antwortete Marie.

Und so setzte der Professor seine Lesebrille auf die Nase und begann vorzulesen. „Es war einmal mitten im Winter, die Schneeflocken fielen wie Federn vom Himmel herab. Da saß eine Königin an einem Fenster, das einen Rahmen von schwarzem Ebenholz hatte und nähte. Und wie sie so nähte und nach dem Schnee aufblickte, stach sie sich mit der Nadel in den Finger, und es fielen drei Tropfen Blut in den Schnee. Und weil das Rote im weißen Schnee so schön aussah, dachte sie bei sich: ‚Hätt ich ein Kind, so weiß wie Schnee, so rot wie Blut und so schwarz wie das Holz an dem Rahmen!'

Bald darauf bekam sie ein Töchterlein, das war so weiß wie Schnee, so rot wie Blut und so schwarzhaarig wie Ebenholz und ward darum Schneewittchen genannt. Und wie das Kind geboren war, starb die Königin. Über ein Jahr nahm sich der König eine andere Gemahlin. Es war eine schöne Frau, aber sie war stolz und übermütig und konnte nicht leiden, dass sie an Schönheit von jemand sollte übertroffen werden.

Sie hatte einen wunderbaren Spiegel, wenn sie vor den trat und sich darin beschaute, sprach sie: ‚Spieglein, Spieglein an der Wand, wer ist die Schönste im ganzen Land?', so antwortete der Spiegel: ‚Frau Königin, Ihr seid die Schönste im Land.' Da war sie zufrieden."

Er schielte zu dem kleinen Mädchen. Gerade wollte er das Buch zuklappen, als Marie murmelte: „Nicht aufhören!", und so las Alfred weiter.

Er erfuhr von der Tochter der Königin, von sieben Zwergen, die im Wald lebten, und wie die Prinzessin ihren Prinz fand, und schloss mit den Worten: „Der Spiegel antwortete: ‚Frau Königin, Ihr seid die Schönste hier, aber die junge Königin ist noch tausendmal schöner als Ihr.' Da stieß das böse Weib einen Fluch aus, und ward ihr so Angst, so Angst, dass sie sich nicht zu lassen wusste. Sie wollte zuerst gar nicht auf die Hochzeit kommen, doch ließ es ihr keine Ruhe, sie musste fort und die junge Königin sehen. Und wie sie hineintrat, erkannte sie Schneewittchen, und vor Angst und Schrecken stand sie da und konnte sich nicht regen. Aber es waren schon eiserne Pantoffel über Kohlenfeuer gestellt und wurden mit Zangen hereingetragen und vor sie hingestellt. Da musste sie in die rot glühenden Schuhe treten und so lange tanzen, bis sie tot zur Erde fiel."

Zufrieden sah Alfred zu dem friedlich schlafenden Kind, deckte die Kleine richtig zu, löschte das Licht und schloss die Tür.

Am nächsten Morgen wachte sie erst um zehn Uhr auf. Alfred saß bei Vreni und frühstückte selbst gemachten Käse auf selbst gebackenem Brot, als Marie zu ihnen an den Tisch kam.

„Gibt es Cornflakes?", fragte das Kind.

„Heute nicht, aber morgen ganz bestimmt", antwortete Alfred glücklich.

Marie spielte den ganzen Vormittag mit einer grau-braunen Ziege. Kurz bevor er mit der Seilbahn ins Tal fuhr, stellte er belustigt fest, dass sie gerade wieder von der Ziege umgeschubst wurde.

„Du magst Tiere?", fragte er.

„Ja, aber Kaninchen sind viel süßer."

Er fuhr mit der Bergbahn ins Tal, um das Nötigste einzukaufen. Cornflakes waren das Erste, das er in den Einkaufwagen legte. Dann fuhr er zu einem Zooladen und kaufte das flauschigste Kaninchen, das es dort gab. Er war schon auf dem Rückweg, als er an einem Buchladen vorbei kam. Am Abend würde er keine Geschichten von mordlüsternen Königinnen und Kindern, die aufgegessen wurden, vorlesen.

Bevor Alfred am Abend Geschichten aus dem neuen Buch vorlesen durfte, musste er einen Käfig für Hubert das Kaninchen bauen. Hubert war zwar weiblich, aber es konnte sich ja nicht wegen seines Namens beschweren. Vermutlich war es dem Tier völlig schnurz.

Im Laufe der Woche kehrte auch Barbara zurück. Sie war Vrenis leibliche Tochter, ein kleiner, etwas pummliger Wirbelwind, und obwohl Marie fast doppelt so alt war, waren die beiden bald unzertrennlich. Alfred konnte auch rechnen und so war es ihm nicht entgangen, dass Barbara genau zu der Zeit gezeugt worden war, als Vreni ihn in Heidelberg besucht hatte.

Warum hatte seine Freundin nie etwas zu ihm gesagt? Er hätte zu seiner Verantwortung gestanden. Er ertappte sich dabei, wie er Barabara ins Gesicht blickte, ihre Nase und Augen mit seinen verglich. An einem sehr sonnigen Tag, die Kinder spielten auf der Wiese mit Hubert und Vreni kochte, trat er neben sie an den Herd und fragte sie direkt.

Er hatte es zwar vermutet, aber als er nun erfuhr, dass er Vater war, wurden ihm doch die Knie weich.

An diesem Tag trank er ein paar Bier, um müde zu werden und einschlafen zu können.

So lebten die vier nun zusammen und waren glücklich und es hätte ewig so weitergehen können, hätte nicht Alfred bei einem seiner Ausflüge in die Zivilisation eine deutsche Tageszeitung gesehen. Er las die Titelseite. Neben dem Bild einer sehr spärlich bekleideten Frau stand da: „Kindsmörder aus Heidelberg zu lebenslanger Haft verurteilt."

Der Professor kaufte die Zeitung und am Abend saß er mit dem Blatt in der Hand da und überlegte. Er war mehrfach kurz davor, schon in der Nacht aufzubrechen, um die Justiz über ihren Irrtum aufzuklären. Doch dann kam ihm wieder in den Sinn, wie Heinz März ihn an den Schultern gepackt und ihn fast wahnsinnig vor Angst angeschrien hatte: „Niemand darf je erfahren, dass Marie noch lebt. Niemand! Nicht ihre Mutter, ihre Großeltern, nicht mal ihre Freundinnen. Niemand! Wenn einer erfährt, dass sie noch lebt, ist sie in größter Gefahr."

Die Sonne ging schon auf, als Alfred sich entschieden hatte. Er würde schweigen. Marie würde alles erfahren, wenn sie alt genug war, das Ganze zu verstehen, sonst niemand.

Mit Beginn des neuen Semesters musste der Professor zurück nach Heidelberg. Am letzten gemeinsamen Tag blieben die Erwachsenen noch lange wach. Als die Kinder längst schliefen, sprach Vreni das an, was ihr schon die ganzen Wochen auf den Nägeln brannte.

„Musst du wirklich zurück nach Heidelberg? Du hast genug Geld, und selbst wenn nicht, diese Alm kann uns alle vier ernähren. Du kannst hierbleiben, bei Barbara, Marie und bei mir."

Alfred überlegte lange, er erinnerte sich zurück an ihre gemeinsame Zeit an der Universität. Als er und Vreni ein Paar gewesen waren, als er noch nicht alleine in einer viel zu großen Villa gelebt hatte. Er konnte sich noch genau daran erinnern, wie seine Mutter von Anfang an gegen ihre Beziehung gewesen war. Vreni sei kein guter Umgang für ihren Sohn, hatte sie abfällig und mit hochgezogener Nase erklärt, denn Vrenis Vater sei ja nur ein Bauer. Dann auch noch ein alleinerziehender Vater, zu der Zeit war das ein Skandal. Und sie war Ausländerin, da war Alfreds Mutter sehr engstirnig.

Sein Vater stand der Verbindung viel offener gegenüber. Gut, er war auch der Meinung, dass beide zu jung waren und sie noch zur Vernunft kommen würden. Es war eine wilde Zeit, viele Partys, Alkohol, ja, und auch Sex. Zum Ende des sechsten Semesters starb Vrenis Vater. Sie musste zurück in die Schweiz, um die Alm zu bewirtschaften, ansonsten würde sie das Erbe ihres Vaters verlieren.

Alfreds Familie hätte das Geld gehabt, er hätte mit ihr kommen können. Doch damals hatte er weder den Mut gehabt, seinen Eltern reinen Wein einzuschenken, noch konnte er seinen Ehrgeiz soweit zügeln, seine eigene Karriere aufzugeben, um mit seiner Freundin zusammenzuleben.

Heute wusste er, dass die Jahre mit Vreni die glücklichste Zeit seines Lebens gewesen waren.

Der Kontakt kam erst wieder vor sieben Jahren zustande, als Vreni zu Besuch bei ihren Jugendfreunden in Heidelberg gewesen war. Es kam, wie es kommen musste, sie besuchte auch ihn. Schwer zu finden war er ja nicht, denn er wohnte, wo er schon sein ganzes Leben gewohnt hatte. Sie hatte in den Jahren nichts von ihrer Anziehungskraft auf ihn verloren. Der Beweis hierfür war Barbara, aber auch das konnte ihn nicht von seiner Karriere abbringen.

Dies war wohl der schlimmste Fehler seines Lebens gewesen. Und die Steigerung war, er würde ihn wieder machen. Wortlos ging er ins Schlafzimmer.

So kam es, dass Marie in der Schweiz aufwuchs. Vreni adoptierte das Kind und gab der Kleinen denselben Nachnamen, wie Barbara und Vreni ihn trugen. Alfred fuhr alleine zurück und noch Jahre später dachte er daran, was wohl passiert wäre, wenn er damals einfach alle Brücken abgebrochen hätte und geblieben wäre. Das Geld für den Ausstieg hätte er wirklich gehabt.

24

Gabriele gab Gas. Erwin hatte angerufen und sie informiert, dass es ein weiteres Opfer gab. Eine der Haupterben des Professors war ermordet worden. Und dieses Mal gab es sogar Zeugen.

Zuerst sollten sie zu einem Gastwirt fahren, der Opfer und Täter nur Minuten vor der Tat zusammen gesehen hatte. Dann zu einem Zeugen, der sogar die Tat selbst beobachtet hatte.

Kurz vor 16 Uhr parkte Gabriele den Dienstwagen in der Heidelberger Bahnstadt vor einem Lokal, das zu den besseren italienischen Restaurants der Stadt zählte. Ivan Radescu, der Inhaber der Pizzeria, begrüßte sie freundlich und stellte ihnen ungefragt einen Kaffee auf den Tisch.

„Sie haben die Mörderin und das Opfer kurz vor dem Mord gesehen. Ist Ihnen da was aufgefallen? Gab es Streit?", wollte Gabriele wissen.

„Nein, im Gegenteil, die zwei Damen kamen um halb neun in unser Lokal. Sie schienen befreundet zu sein. Sie unterhielten sich und verließen das Haus um zehn Uhr."

„Haben Sie zufällig mitbekommen, über was sie sich unterhalten haben?", fragte Manfred.

„Es tut mir leid, gestern war echt ein sehr stressiger Tag. Das Lokal war voll bis auf den letzten Platz, zwei Geburtstagsgruppen. Da habe ich nichts mitbekommen. Aber am Nachbartisch waren vier Jugendliche, die saßen sehr nah und könnten was gehört haben. Wenn ich mich recht erinnere, haben die viel mit ihren Smartphones fotografiert, was der blonden Dame nicht so recht zu sein schien."

„Das kann ich mir vorstellen", antwortete Gabriele und fragte dann: „Haben Sie die Namen der Jugendlichen, oder wissen Sie zufällig, wer sie waren?"

„Bezahlt wurde mit EC-Karte, den Namen habe ich also, gesehen habe ich sie hier noch nicht."

„Den Namen brauchen wir."

Herr Radescu stand auf und ging zu seiner Kasse. Manfred sah seine Kollegin an. „Wenn die Mörderin hier in aller Öffentlichkeit mit dem Opfer essen war, war sie bestimmt maskiert."

„Ja. Aber sie war mit dem Opfer mindestens bekannt. Warum hat sie das nicht bemerkt?" Die Frage blieb erst mal unbeantwortet, weil genau in diesem Moment der Gastwirt mit einem Ausdruck seiner Kasse zurückkam. „Wer hat eigentlich bei den beiden Frauen bezahlt?", fragte Gabriele, der gerade ein Gedanke durch den Kopf geschossen war.

„Die blonde Frau", antwortete Ivan. „Aber sie hat bar bezahlt."

„Eine letzte Frage, haben Sie Überwachungskameras?"

„Leider nicht."

Der nächste Zeuge wohnte nur zwei Straßen weiter. Die Silhouette der armen Frau, die hier getötet worden war, war noch in Kreide auf dem Bürgersteig zu sehen. Es waren nicht mal fünf Meter bis zu Haustür des Zeugen.

Jan van Beeg öffnete die Tür nicht. Er wollte erst ihre Dienstausweise sehen.

Gabriele blickte zu ihrem Kollegen und tippte mit dem Zeigefinger an die Stirn. „Dem ist schon klar, dass man mit dieser alten Gegensprechanlage nur reden kann?"

Schon kam die Antwort aus dem Lautsprecher: „Ich schaue durch das Fenster. Halten Sie Ihre Polizeiausweise so, dass ich sie lesen kann."

Ratlos traten sie auf die Straße und hoben ihre Ausweise hoch. Im zweiten Obergeschoss wurde der Vorhang zur Seite gezogen, kurz erschien ein Kopf, dann verließ er wieder ihr Sichtfeld. Dafür meldete sich ihr Zeuge wieder an der Gegensprechanlage.

„Ich kann die nicht lesen. Aber ihr seid bestimmt nicht von der Polizei, ihr habt ja noch nicht mal eine Uniform an und ein Polizeiauto habt ihr auch nicht. Ich rufe jetzt die echte Polizei und ihr verschwindet besser, bevor die da sind."

„Darf ich ihn erschießen?", fragte Manfred.

„Nach seiner Aussage gerne."

Die beiden brauchten nicht lange zu warten, da hörten sie schon die Sirene eines heraneilenden Kollegen, der alle Anforderungen von Herrn van Beeg erfüllte. Er trug eine schlecht sitzende Uniform und kam in einem alten blau-silbernen Opel, auf dessen Dach ein blaues Licht montiert war. Nach zehn Minuten Überzeugungsarbeit und dem Versprechen des Uniformierten, dass er ihn nicht mit den beiden alleine lassen würde, durften Gabriele und Manfred nach oben in die Wohnung des Zeugen.

Jan van Beeg war ein Hüne, über zwei Meter groß und mit Oberarmen wie Baumstämmen und Händen wie Baggerschaufeln. In seinen Augen erkannte man die Panik, dass die Mörderin zurück in seine Straße kommen könnte.

„Herr van Beeg, Sie haben den Mord gesehen. Dann erzählen Sie mal, was ist passiert?"

„Es war kein Mord", antwortete der Riese bestimmt. „Das war ein Vampir. Sie leben mitten unter uns, Sie müssen die Bevölkerung warnen."

Gabriele blickte zu Manfred und sah gerade noch, wie der die Augen verdrehte.

„Vampir? Wie kommen Sie auf einen Vampir?", fragte Gabriele.

„Als ich rauskam, hat sie die junge Frau gerade rumgerissen, um ihr in den Hals zu beißen! Dieses Monster hatte übermenschliche Kraft, und sie griff nach Sonnenuntergang an."

„Wir müssen unbedingt zurück zu Herrn Radescu und fragen, ob im Essen Knoblauch war", verkündete Manfred mit kaum überhörbarer Ironie.

Gabriele hatte er damit auf dem falschen Fuß erwischt, sie wandte sich schnell ab, sodass der Zeuge nicht sehen konnte, dass ihr Tränen in den Augen standen, so sehr bemühte sie sich, nicht laut zu lachen. Falls van Beeg etwas bemerkt hatte, ließ er sich nichts anmerken, sondern sprach völlig ernst weiter.

„Sie müssen der blonden Frau einen Holzpflock ins Herz schlagen. Dann verbrennen. Das muss vor Sonnenuntergang passieren."

Gabriele hatte genug, sie konnte nicht mehr. Sie sprang auf und bekam gerade noch die Tür hinter sich zu, als sie schon laut loslachte.

„Dieser Vollidiot", sagte sie, als sie kurz Luft bekam. „Der gehört in die Klapse."

Nachdem sie sich halbwegs beruhigt hatte, hörte sie Manfred sagen: „Gabriele, wir können dich hier hören."

Wenig später im Auto auf dem Weg ins Präsidium meinte Manfred mit gespieltem Tadel: „Du hättest wirklich nicht den Zeugen auslachen sollen."

Das Mobiltelefon ersparte Gabriele die Antwort. Erwin rief an und wollte, dass sie zum Fundort der Leiche von Stella Kizakis kamen. Als sie die Grube erreichten, fanden sie ihren Chef in schlammbeschmutzen Hosen.

„Was hast du gemacht? Wolltest du den Gang wieder freilegen?", lästerte Gabriele.

„Schwätz nicht", antwortete Erwin erschöpft. „Ich habe mir die Frage gestellt, wie die Leiche von Stella Kizakis in den Tunnel kam. Der Eingang an der Brücke ist verschüttet, und das war er schon lange, bevor Stella starb. Ich war hier, als es noch hell war und glaube jetzt, dass der Tunnel eingebrochen ist, weil jemand einen neuen Zugang geöffnet und damit die Stabilität der Konstruktion geschwächt hat. Da war Tageslicht an der Einsturzstelle. Ich leuchte dort jetzt mit der Taschenlampe und ihr geht in den Wald und schaut, ob ihr was seht."

Sie brauchten nicht lange zu warten, dann sahen sie ein Licht zwischen einer Gruppe Felsen. Erwin war mit seinem Tagwerk soweit zufrieden, er entschied, dass erst mal alle Feierabend machen sollten.

Davon ausgenommen hatte er Martina. Zum Einen war er immer noch sauer auf sie, aber viel wichtiger war, dass sie die Einzige war, die in den letzten Tagen genug Freizeit gehabt hatte, um jetzt die Bewachung von Luca Skalletti übernehmen zu können. Natürlich brachte er damit gleich zwei gegen sich auf. Martina fand es völlig ungerecht und die totale Schikane und Manfred regte sich auf, weil er auch an diesem Abend kalt duschen musste. Gabriele erwähnte nicht, dass die beiden erst am Morgen gemeinsam und zu spät im Büro angekommen waren.

Pünktlich um fünf Minuten vor acht Uhr stand Martina mit ihrem Kleinwagen vor der Schranke zum Parkhaus des Maritim Hotels. Der sehr freundliche Herr in der Gegensprechanlage erklärte, dass sie nur Parkplätze für Gäste hätten, und da sie kein Zimmer im Haus habe, könnte er ihr nur anbieten, im weiteren Umfeld einen Parkplatz zu suchen. Eine halbe Stunde zu spät kam sie beim uniformierten Kollegen an, den sie ablösen sollte.
„Der ist schwerer zu hüten als ein Sack voll Flöhe. Jetzt will er auch noch essen gehen", war das Einzige, was der Kollege bei der Übergabe zu sagen hatte.
„Ist jetzt endlich die Ablöse da, dass ich zum Essen komme?", hörte Martina eine Stimme mit leicht italienischem Akzent aus dem Zimmer der zu beschützenden Person.
„Wo wollen Sie denn essen gehen?", fragte Martina.
„Una signora", klang es nun schon viel freundlicher aus dem Raum. „Sie können sich ein Restaurant aussuchen, ich lade Sie ein."
Martina überlegte kurz, ob sie das annehmen durfte, und entschied dann, dass es ihr egal war. Sie hatte auch Hunger. Gemeinsam gingen sie in der Bergheimerstraße in ein sündhaft teures Lokal. Martina war neugierig und hätte gern ein paar Fragen gestellt, sah aber ein, dass es allzu unhöflich war, beim Essen damit anzufangen. Letztlich war es Luca, der

begann, von dem Fall zu reden.

„Wie kommt die Polizei auf die Idee, dass irgendjemand einen alten Mann wie mich töten will?"

„Professor Bauer hat in seinem Testament nur drei Personen berücksichtigt. Alfred Bauer und eine Erbin wurden ermordet, von der zweiten Erbin fehlt jede Spur."

Falls der Italiener von dieser Information beunruhigt war, ließ er sich das nicht anmerken. Er nickte nur kaum sichtbar und kaute weiter.

„Warum hat der Professor eigentlich nur Sie beide in seinem Testament bedacht? Wir wissen, er war nie verheiratet, aber hatte er keine Freundin, uneheliche Kinder, eine Tochter vielleicht?", fragte Martina.

„Nein, mein Freund lebte nur für die Arbeit. Wie kommen Sie darauf, dass er Kinder gehabt haben könnte? Davon hätte er mir bestimmt erzählt", antwortete Luca.

Martina überlegte, ob sie die Information preisgeben konnte, und sagte dann: „Wir haben in seiner Villa ein komplett eingerichtetes Kinderzimmer gefunden."

Der Südländer war sichtlich überrascht. „Vielleicht hat er ja auf Kinder von Nachbarn aufgepasst. Sie müssen wissen, mein Freund war ein Perfektionist. Wenn er eine solche Aufgabe angenommen hätte, dann hätte er keine halben Sachen gemacht."

„Kennen Sie Nadine Keller?" Luca schüttelte den Kopf. „Oder eine Barbara Heussser? Die zweite Erbin?"

„Nein, der Name sagt mir nichts. Aber vielleicht lebte sie ja in dem Kinderzimmer, das würde auch erklären, warum sie im Testament genannt wurde."

Martina nickte. „Ja, vielleicht." Dann lenkte sie das Gespräch in eine andere Richtung. „Wie haben Sie den Professor kennengelernt?"

„Das ist über 30 Jahre her, durch die Arbeit."

„Sie sind auch Professor?", wollte Martina wissen.

„Nein", sagte Luca belustigt. „Ich war Kurator eines

Museums in Florenz, bin aber seit 15 Jahren pensioniert. Heute schreibe ich Bücher und bin Hobby-Winzer."

„Was schreiben Sie für Bücher?"

„Ich bin Italiener, natürlich schreibe ich über die schönste Tätigkeit auf der Welt. Wenn ich zurück im Hotel bin, schenke ich Ihnen mein neustes Buch."

Martina hatte zwar wenig Lust auf ein Buch über Fußball, aber es gebot auch hier die Höflichkeit, das nicht zu sagen.

Luca Skalletti hielt Wort, und als sie kurz vor Mitternacht wieder im Hotel waren, zauberte er ein Buch aus dem Koffer und schrieb eine Widmung in den Einband. Dann überreichte er es Martina. Auf dem Cover war ein nacktes Pärchen in eindeutiger Pose zu sehen. Darunter stand der Titel: „Die 501 ungewöhnlichsten Sexstellungen." Stolz verkündete Luca, dass er alle Fotografien im Buch selbst gemacht habe.

Um Mitternacht kam Martinas Ablöse und sie machte sich mit ihrem neuen Buch auf zu Manfred. Wenn er noch wach war, könnte man ja mal die praktische Umsetzung der dargestellten Stellungen ausprobieren.

25

An diesem Abend parkte in Stuttgart eine auffällige Blondine mit einer großen dunklen Sonnenbrille vor dem Fotostudio von Alexander Bernauer. Die junge Frau war dezent gekleidet: blaue Stoffhose, schwarzer Pullover.

Das Studio war zwar geschlossen, aber über den Geschäftsräumen befand sich die Wohnung des Fotografen. Der Zugang erfolgte über einen Hof an der linken Seite des Gebäudes. Selbstbewusst trat sie zur Tür und läutete. Der Türöffner summte, und die junge Frau ging eilig die wenigen Stufen nach oben.

Dort stand ein Mann Mitte 30. „Guten Abend, was wollen Sie?"

Die blonde Frau holte einen Polizeiausweis aus ihrer Gesäßtasche und hob ihn in das Blickfeld des Fotografen. „Polizei Mannheim. Sind sie Alexander Bernauer?"

„Ja, kommen Sie rein, Ihr Kollege ist schon da."

Die blonde Frau rammte ihr Messer in Alexanders Hals, dabei zischte sie ihm ins Ohr: „Das ist für Alfred, du Drecksau."

Die Tür zum Wohnzimmer schwang auf, ein uniformierter Polizist starrte sie an. Den Bruchteil einer Sekunde, den der Beamte brauchte, um zu verstehen, was er sah, nutzte die Angreiferin zur Flucht. Sie hörte, wie eine Waffe durchgeladen wurde, dann peitschen Geschosse an ihrem Kopf vorbei und ließen Putzstücke vor ihr aus der Wand spritzen.

Sie rannte auf die Straße, der Polizist musste dicht hinter ihr sein. Schnell sprang sie in ihren Wagen und startete den Motor. Der Beamte war nur noch wenige Meter entfernt, als die blonde Frau Gas gab. Der Polizist sprang im letzten Moment aus dem Weg.

Die Frau war noch nicht aus der Straße heraus, als hinter ihr schon das Blaulicht eines Polizeiwagens flackerte. Sie reagierte blitzschnell, schaltete die Beleuchtung des

Fahrzeugs aus und bog in die nächste Seitenstraße, eine Straße mit Einfamilienhäusern und kleinen Gärten. Sie sprang aus dem fahrenden Wagen und hechtete über einen der niedrigen Gartenzäune. Der PKW rollte indes auf der Mitte der Straße weiter, der Streifenwagen war gerade dahinter eingebogen.

Die Angreiferin flüchtete durch den Garten auf das angrenzende Grundstück. Der Wagen, den sie in Heidelberg gestohlen hatte, rollte die Straße noch fast 200 Meter weiter, dann kam er in der Beifahrertür eines geparkten Toyota zum Stehen.

Die Polizisten, die mit ihren Streifenwagen von allen Seiten in die Straße geschossen kamen, umstellten den Fluchtwagen. Als nach mehrfacher Aufforderung niemand ausgestiegen war, eröffneten sie das Feuer.

Erwin hatte zum ersten Mal seit Tagen durchgeschlafen. Auf dem Weg ins Präsidium hielt er wie jeden Morgen bei seinem Lieblingsbäcker. Er nahm gerade den ersten Schluck von seinem Kaffee, als sein Blick den Zeitungsständer erfasste, darauf eine große deutsche Tageszeitung mit der Schlagzeile: „Der Vampir von Heidelberg – Monster saugt Stuttgarter Fotomodell aus."

Erwin spuckte vor Schreck seinen Kaffee an die Glasscheibe vor der Auslage. Er nahm das Blatt aus dem Ständer.

„Augenzeuge berichtet glaubhaft", stand da und darunter eine Zeichnung, die einer Männerfantasie entsprungen sein musste: eine blonde Sexbombe mit riesiger Oberweite, wehendem Haar und hautenger Kleidung. Die Männer würden Schlange stehen, um von diesem Vampir gebissen zu werden. Die Bestie hatte ihre Zähne in ein zierliches Mädchen in einem viel zu kurzen Minirock gerammt. Darunter waren zehn Tipps aufgeführt, was man zur Vampirabwehr tun konnte. Der Artikel endete mit den Worten „Die Polizei bleibt in der Sache untätig, glaubhafte Augenzeugen wurden ausgelacht, zu einer Stellungnahme war man nicht bereit. Wir bleiben dran!"

Erwin überlegte kurz und rief dann Gabriele an. „Was hat es mit dem Vampir von Heidelberg auf sich?", fragte er ohne Begrüßung.

„Du, Chef, kann gerade nicht, muss mein Einhorn ausreiten, melde mich später."

„Verarschst du mich?", fragte Erwin.

„Ernsthaft? Du erzählst von Vampiren und *ich* soll dich verarschen?", antworte Gabriele leicht verärgert. „Der Zeuge, der die Tat gesehen haben will, ist wohl als Kind zu heiß gebadet worden oder hat das falsche Zeug geraucht. Auf jeden Fall glaubt er an einen Vampir. Ich kann dich aber beruhigen, ich war heute Morgen in der Gerichtsmedizin. Ein sauberer Schnitt, von links nach rechts, ging bis in die

Luftröhre. Keine Bissspuren, dafür reichlich Knoblauch im Magen. Noch Fragen zur Fledermaustheorie?"

Als Erwin wenig später auf den Parkplatz einbog, glaubte er erst seinen Augen nicht. Private Fernsehsender standen mit Übertragungswagen auf dem Gelände. Erwachsene Männer und Frauen, die als Vampire verkleidet waren, gaben Interviews. Erwin überlegte kurz, sie alle vorläufig festzunehmen, um ihre Identität festzustellen und nach Alibis für die Tatzeit zu fragen. Immerhin gab es einen Augenzeugen, der einen der Blutsauger der Tat bezichtigte. Doch dann verwarf er den Gedanken wieder. Das war doch lächerlich.

Kaum im Büro, rief die Ärztin aus der Gerichtsmedizin an. Ihre Tür war belagert von Vampirjägern, die ihr helfen wollten, das Mordopfer richtig zu töten.

Erwin ging zu Gabriele. In seinem Fax lagen zwei Nachrichten und über deren Inhalt musste er sie informieren. Die zwei Gefangenen, die vor Jahren im Gefängnis Heinz März angegriffen hatten, waren Brüder. Und wie sollte es anders sein, waren sie immer noch – oder in deren Fall schon wieder – in Gefangenschaft.

Das andere Fax besagte, dass die Jugendlichen aus dem Lokal Rucksacktouristen seien und in der Jugendherberge im Neuenheimer Feld übernachtet hatten. Jetzt waren sie mit Regionalzügen auf dem Weg nach Paris.

„Gabriele, könntet ihr in die JVA nach Darmstadt fahren, da sitzen Piotr und Viktor Kamiński ein. Das sind die zwei Schläger, die Heinz März im Gefängnis aufgemischt haben." Nach einem Blick auf den unbesetzten Schreibtisch von Manfred fügte er hinzu: „Wo ist ... ach, egal. Wenn er kommt, fahrt ihr los."

„Ich kann das auch allein", warf Gabriele ein, die nicht einsah, schon wieder sinnlos stundenlang auf ihren Kollegen zu warten, nur weil der nicht seinen Wecker ablesen konnte.

„Die zwei sind gefährlich."

„Wenn einer gefährlich ist, bin ich das", erklärte Gabriele.
„Außerdem sitzen sie ein. Da ist doch genug Verstärkung."
„Macht doch alle, was ihr wollt", sagte Erwin resigniert.

Nach Darmstadt-Weiterstadt war es nur eine halbe Stunde Fahrt. Die Justizbeamten führten Piotr und Viktor Kamiński in Hand- und Fußschellen in den Raum, in dem Gabriele schon wartete. Dann fixierten sie die Gewaltverbrecher an Tisch und Boden und postierten sich mit gezogenen Schlagstöcken in den Ecken des Zimmers.
Gabriele betrachtete die beiden. Kurz geschorene Haare, die Nasen in der Vergangenheit gebrochen und schief wieder zusammengewachsen, lange Narben verunstalteten ihre Gesichter. Gabriele stellte sich auf einen langen Kampf ein, um aus denen etwas herauszubekommen.
„Es geht um Heinz März. Den habt ihr 1992 mehrfach in der JVA Mannheim auf die Krankenstation geprügelt. Warum?"
Natürlich erwartete sie keine Antwort, aber irgendetwas musste sie sagen. Gleich mit der Tür ins Haus zu fallen, konnte nicht ganz verkehrt sein.
Piotr grinste. „Weil wir gute Menschen sind und Kindermörder nicht leiden können."
Die Brüder brachen in lautes Gelächter aus. Viktor riss sich als Erster wieder zusammen. „Warum wohl. Weil wir Kohle dafür bekommen haben", erklärte er.
„Daran könnt ihr euch noch nach 23 Jahren erinnern?", fragte Gabriele.
„Wir haben viel Kohle dafür bekommen", sagte Viktor.
„Verdammt viel", fügte sein Bruder hinzu und wieder begannen beide, laut zu lachen.
„Und wem es so viel Geld wert war, daran könnt ihr euch auch erinnern?" Spätestens jetzt, da war sie sich sicher, würde schlagartig der Gedächtnisverlust einsetzen.
Viktor blickte zu seinem Bruder, sie zuckten mit den Achseln, dann sagte Piotr: „Ist ja eh verjährt alles. Karl

Schulz, der war damals eine große Nummer im Knast, hat in Heidelberg die Sparkasse ausgeraubt, der hatte eine Stinkwut auf diesen März."

Auf der Fahrt zurück ins Präsidium hatte sie das gute Gefühl, endlich etwas erreicht zu haben. Dort angekommen musste sie feststellen, dass Manfred seine Gleitzeit über zehn Uhr hinaus ausgedehnt hatte.

Erwin rief sie zu sich. Er hatte die Fotos aus dem Lokal gemailt bekommen. Es war wie verhext: Auf jedem Bild hatte die blonde Frau die Hand vor dem Gesicht oder schaute in eine andere Richtung.

„Das war Absicht. Die wusste, dass sie ihre Begleiterin ermorden will, und wollte deswegen nicht auf den Bildern erkennbar sein", schlussfolgerte Erwin.

„Bleibt die Frage, warum sie überhaupt das Risiko einging", warf Gabriele ein.

Eine Antwort hierauf blieb Erwin schuldig, denn Manfred betrat das Büro. Er war ausnahmsweise ohne Begleitung und ging, als hätte man ihn in die Weichteile getreten.

Erwins Augen verengten sich zu Schlitzen. „Geh mal eine Viertelstunde zum Bäcker, frühstücken", zischte er.

„Ich esse immer zuhause", erwiderte Gabriele ahnungslos.

„Ich will, dass du den Raum verlässt, damit ich das Arschloch anbrüllen kann, ohne dass ein Zeuge zuhört", zischte Erwin noch leiser.

Gabriele stand auf. „Auf mich brauchst zu keine Rücksicht zu nehmen. Ich kann schweigen wie ein Grab."

Dennoch verließ sie das Büro und schaute mal nach, ob es beim Bäcker ein leckeres Stück Kuchen gab.

Februar 1992

Für Marie endete mit der Abreise von Alfred aus der Schweiz auch die schöne schulfreie Zeit. Der Professor hatte sie in einem sündhaft teuren Internat in der Nähe von Zürich angemeldet.

Am zweiten Montag im August legte Vreni Heusser ihre besten Kleider raus und erklärte, dass sie zum Aufnahmetest in die Stadt fahren würden. Da Vreni weder Auto noch Führerschein besaß, mussten sie sehr früh aufstehen, um Bus und Zug in die Stadt zu nehmen. Die Einzige, an der das spurlos vorüberging, war die kleine Barbara. Die Sechsjährige hüpfte auch morgens um vier Uhr wie ein Gummiball um den Tisch. Dann wollte sie unbedingt ihre Zöpfe geflochten bekommen, und als das nicht sofort passierte, weinte sie laut. Marie frisierte sie dann.

Barbara bettelte: „Musst du denn auf die Schule, kannst du nicht einfach bei mir bleiben?"

„Aber du musst auch zur Schule", antwortete Marie.

„Oh toll, dann können wir zusammen gehen."

„Ach, Dummerchen, du kommst doch auf eine andere Schule."

„Dann will ich da nicht hin, ich geh nicht zur Schule", antwortete Barbara trotzig.

Marie war die ganze Fahrt über nervös. Wie schwer war der Test? Würden die anderen Kinder in ihrer Klasse nett sein? Je näher sie ihrem Ziel kamen, umso eindringlicher wurden die Ratschläge von Vreni. Barbara bekam von all dem nichts mit, sie hatte sich quer auf die Bank im Zug gelegt und war sofort eingeschlafen.

Der Aufnahmetest dauerte den ganzen Vormittag. Vreni war derweil mit Barbara in der Stadt, Kleidung, Schuhe und andere Dinge einkaufen, die es auf dem Land einfach nicht gab. Marie war sich bei dem Test sicher, bestanden zu haben. Zumindest war sie das noch, als sie mit Vreni und Barbara in einem gemütlichen Ausflugslokal auf der Terrasse zum See hinaus saß und zu mittagaß. Diese absolute Gewissheit verflog jedoch mit jeder Stunde, die verging, und schon als sie im Zug saßen, war sich Marie sicher, alles falsch gemacht zu haben.

Die nächsten Tage waren die Hölle. Da es auf der Alm kein Telefon gab, saß Marie jeden Morgen an der Lastenbergbahn und wartete darauf, dass die Post hochgefahren wurde. Warum sehnte sie die Antwort nur so herbei? In Heidelberg hatte sie die Schule immer gehasst.

Am Donnerstag fuhren sie noch mal ins Tal, weil Barbara in diesem Sommer ebenfalls eingeschult wurde. Die Schule war viel kleiner, es unterrichtete nur ein Lehrer alle Kinder von der ersten bis zur vierten Klasse. Das waren nicht mal zehn Schüler. An Maries Grundschule waren in jeder Stufe drei Klassen mit mindestens 30 Kindern gewesen. Sie war froh, nicht hierher gehen zu müssen. Der Lehrer war alt, hatte einen riesigen Bart und wirkte viel mehr wie ein Bauer. Und das Schlimmste war, dass er kein Deutsch sprach, eher so was wie Holländisch. Als wäre das alles nicht schon schrecklich genug, rauchte er auch noch im Klassenzimmer seine Pfeife. Der ganze Raum stank nach Vanille. Auf seinem Pult lag ein Rohrstock und sie wollte sich gar nicht ausmalen, wozu dieser Fiesling den brauchte.

„Du musst nett sein zu Anton Brüderle", hörte Marie eine andere Mutter zu ihrem Sohn sagen. „Er ist ein sehr guter Lehrer, ich war auch bei ihm in der Schule. Aber wenn du nicht brav bist, setzt es was mit dem Rohrstock."

Der kleine Junge sah nicht gerade glücklich aus und als Anton Brüderle sich umwandte und zu den Eltern der Neuen kam, versteckte er sich lieber hinter seiner Mutter.

„Habt ihr mich auch alle bei der letzten Bürgermeisterwahl gewählt?", fragte der Bärtige. Er musste wohl glauben, Taube vor sich stehen zu haben. Oder wollte er, dass die Passanten auf der Straße mithören konnten? Auf jeden Fall redete er sehr laut.

Die Frau mit dem kleinen Jungen im Rücken flötete gleich unterwürfig: „Natürlich, Herr Brüderle! Und wir kaufen auch immer auf Ihrem Bauernhof Milch und Eier."

„Sicher, Heidi, von dir hab ich auch nichts anderes erwartet, bist ein anständiges Mädel. Aber drei haben mich nicht gewählt. Einige wissen eben nicht, was der Ort mir alles verdankt." Der Blick, den er Vreni dabei zuwarf, hätte Wasser gefrieren lassen.

Hier gab es keinen Aufnahmetest. Name und Geburtsdatum des Kindes, Name der Eltern, mehr brauchte es nicht. Das Fehlen eines männlichen Elternteils wurde wieder mit einem sehr abwertenden Blick quittiert.

Als sie zurück zur Seilbahn gingen, eilte der Bäcker aus seinem Ladengeschäft und winkte mit der Post.

„Bin noch nicht dazu gekommen, sie heute zu verteilen", erklärte er leicht außer Atem.

Der Brief war vom Internat, Marie hatte die Aufnahmeprüfung bestanden.

Die letzten Tage vergingen wie im Flug. Am Sonntagabend brachten Vreni und Barbara Marie zum Zug und Barbara weinte, als würde sie Marie nie wieder sehen.

28

Manfred war sichtlich geknickt, als er sich eine Viertelstunde später zu Gabriele an den Tisch setzte.

„Hol dir auch Kuchen, der ist gut", sagte sie.

„Erwin hat gesagt, er versetzt mich zur Verkehrspolizei, wenn ich noch mal zu spät komme. Das darf er doch nicht, oder?" Gabriele überlegte, ob sie noch einen draufsetzen sollte, aber ihr Kollege sah so geknickt aus, dass sie sich dagegen entschied. „Ein Glück, dass Martina krank ist, so hat sie nichts zu befürchten", badete er weiter in Selbstmitleid.

Nun, ein bisschen, dachte Gabriele. Konnte ja nicht schaden.

„Strafzettel schreiben ist eine wichtige Aufgabe. Erst mal musst du natürlich lernen, wie man mobile Radargeräte aufstellt. Aber vielleicht lassen sie dich ja auch erst bei den Parksündern anfangen", stichelte sie. Manfreds Gesicht war unbezahlbar.

„Erwin hat die Gesprächsliste von Bauers Telefon angefordert", kam Gabriele nun wieder auf den aktuellen Fall zurück. „Er wurde drei Mal aus der Uni angerufen und ein Gespräch war mit Luca Skalletti, das ist der zweite Erbe. Den sollten wir mal fragen, wer ein Motiv haben könnte. Er wohnt im Maritim."

Während die Kommissare auf dem Weg zu dem nur zwei Kilometer entfernten Hotel waren, bekam Erwin einen Anruf von Bernd Steiner, Polizeikommandant des Kantons Zürich, der ihn aufhorchen ließ. Barbara Heusser lebte in einem 200-Seelen-Nest namens Thalwil in den Bergen. Eigentlich bestand der ganze Ort nur aus einer Ansammlung von Bauernhöfen. Im Frühjahr und Sommer 1992 hatte es einige Empörung darüber gegeben, dass ein Mann bei einer unverheirateten Frau lebte, die schon ein uneheliches Kind hatte. Der ganze Ort hatte sich das Maul zerrissen, und selbst der Pfarrer hatte sonntags in der Predigt darauf hingewiesen, dass man sie auf den rechten Weg zurückholen müsse.

Erwin war wenig überrascht, dass viele der Zeugen Alfred Bauer als den Sünder wiedererkennen wollten, der in wilder Ehe mit einer gewissen Vroni Heusser zusammengelebt hatte. Vreni war die Mutter von Barbara Heusser gewesen.

Er wollte sich gerade bei dem Schweizer Kollegen bedanken und das Gespräch beenden, als dieser die Bombe platzen ließ.

Der Deutsche, der damals auf der Alm von Vreni Heusser gelebt hatte, hatte auch eine Tochter. Barbara hatte sie in der Schule immer ihre große Schwester Marie genannt. Langsam setzten sich alle Puzzleteile zusammen.

„Kann ich meine Kommissare nach Thalwil schicken, damit sie sich im Haus der vermissten Erbin umsehen und die Leute dort befragen?", fragte er.

„Sie wissen selbst genau, was das für ein bürokratischer Kraftakt wäre. Formulare ohne Ende, und die Schweiz ist nicht mal in der EU, das dauert", erklärte Steiner.

„Aber es geht um zwei Menschenleben. Sie wollen doch auch, dass die Morde aufgeklärt werden."

Der Schweizer schwieg lange, dann antwortete er: „Ihre Ermittler kann ich hier nicht rumlaufen lassen, aber ich kann den Leiter der Mordkommission Heidelberg einladen, sich über die unterschiedlichen Ermittlungsmethoden unserer beider Präsidien auszutauschen."

„Danke!"

Als Erwin gerade seinen Mercedes von der Autobahn 656 auf die Autobahn 5 in Richtung Süden lenkte, standen Gabriele und Manfred vor genau derselben Schranke, die Martina am Vorabend zum Verhängnis geworden war. Anders als bei ihr öffnete der Hotelangestellte heute den Zugang ohne Widerworte und ließ sie einfahren.

Der uniformierte Kollege, der zum Schutz des Italieners vor dem Hotelzimmer abgestellt war, blickte gelangweilt von seinem Smartphone auf, als sie an die Tür von Herr Skalletti klopften. Im Zimmer regte sich nichts, Gabriele klopfte lauter.

„Ist er drin?", fragte Manfred den Polizisten.

„Ähh, ich ... ich weiß nicht genau", stammelte der Angesprochene.

„Mann, Sie stehen hier zum Schutz von Herr Skalletti vor dessen Hotelzimmer, Sie müssen doch wissen, ob er sich darin aufhält."

Der uniformierte Beamte schwitzte nun, als hätte er einen Marathon bei 40 Grad absolviert. „Ich habe gestern wohl was Schlechtes gegessen, mir ist übel und ich komme den ganzen Morgen schon nicht von der Toilette runter", stotterte der Polizist.

„Wie lange?"

„Fast durchgängig in der letzten halben Stunde."

Aus dem Zimmer ertönte ein Schmerzensschrei.

„Verdammt!" Gabriele trat noch mal an die Tür, schlug nun mit der Faust auf das Holz ein und brüllte: „Herr Skalletti?"

Keine Antwort, dann ein weiterer unartikulierter Schrei. Gabriele nahm ihre Pistole aus dem Holster. Aus dem Augenwinkel sah sie, dass Manfred es ihr gleichtat.

„Ich geh da jetzt rein!", verkündete sie und nach einem wuchtigen Tritt flog die Tür auf.

Das Zimmer war leer und wieder drang ein Schmerzensschrei an ihr Ohr. Manfred zeigte auf eine Tür auf der anderen Seite des Raumes. Gabriele trat zu und fast gleichzeitig sprangen die Beamten mit der Waffe im Anschlag in den winzigen Raum.

Da saß der alte Italiener mit heruntergelassener Hose und schmerzverzerrtem Gesicht auf der Toilette, Schweiß rann ihm von der Stirn.

„Nie mehr esse ich Chili, nie mehr", stöhnte er.

Manfred sah zu Gabriele. „Viel Schreibarbeit", sagte er.

„Kannst du laut sagen", bestätigte diese.

29

Erwin fuhr wie der Teufel und war nach nicht mal drei Stunden in Thalwil. Steiner hatte gesagt, sie würden sich bei der Bushaltestelle treffen. Erwin hatte noch nach der Straße fragen wollen, es aber vergessen. Als er nun auf einer Art geteertem Feldweg in den Ort fuhr, an dem natürlich kein Straßenname stand, wurde ihm klar, warum „Bushaltestelle" der wohl am genausten definierte Treffpunkt war.

Er passierte einige Ställe, Scheunen und Höfe, alle sehr sauber und mit Schildern am Eingang, die freie Fremdenzimmer verkündeten. Neben einer größeren Ansammlung von Gebäuden, fünf oder sechs, war auch die Bushaltestelle.

Erwin blickte sich um. Eines der Häuser beherbergte den Bäcker und ein kleines Lebensmittelgeschäft. Dann war da noch ein Gebäude mit großer Eingangstür, die Schule. Links neben dem Eingang hing eine Messingtafel. Erwin trat näher, um sie lesen zu können. „In Gedenken an unseren Bürgermeister – Lehrer – Ehrenzugführer der Freiwilligen Feuerwehr - Anton Brüderle, der mit nur 58 Jahren am 23.07.1993 in seinem Haus ermordet wurde."

Erwin hatte nicht gemerkt, dass jemand von hinten an ihn herangetreten war. „Das war interessant, ihm wurde die Kehle durchgeschnitten, ganz ähnlich wie bei Ihrem Mordopfer. Und der Mord an Herrn Brüderle wurde nie geklärt, und das bei der doch sehr begrenzten Anzahl von Verdächtigen hier. Natürlich hat niemand ein kleines Kind verdächtigt."

Erwin drehte sich um und sah einen überraschend jungen Mann mit dichtem schwarzen Haar, schlank, keine 40 Jahre alt.

„Bernd Steiner, Polizeikommandant des Kantons Zürich, wir haben telefoniert", stellte er sich vor.

„Erwin Tillmann, Leiter der Mordkommission in

Heidelberg." Erwin reichte dem Kollegen die Hand. „Ein ungeklärter Mord also. Wenn es sich um unsere Marie handelt, war die 1993 gerade mal elf Jahre alt. Die tötet nicht einfach einen erwachsenen Mann, der noch dazu viel größer und stärker ist."

„Ich habe das Tagebuch von Vreni Heusser. Da steht nichts. Was allerdings in dem Tagebuch steht, ist, dass sie Ihren Professor über alles geliebt haben muss."

Erwin wunderte der Umstand, dass sie das Tagebuch der Mutter der vermissten Schweizerin hatten und so fragte er nach dem Naheliegenden: „Wie ist Vreni Heusser gestorben?"

„Krebs. Schlimme Sache, es wurde einfach zu spät festgestellt. Als sie ins Spital kam, hatte der Krebs schon Metastasen ausgebildet. Zweifelsfrei ohne Fremdeinwirkung."

„Haben Sie die Alm durchsucht?", wollte Erwin wissen.

„Warum hätten wir das tun sollen? Wir haben kein Fall. Aber wir können uns auf der Alm von Frau Heusser umsehen." Damit zeigte der Schweizer in Richtung Berggipfel. „Sehen Sie da oben den Felsvorsprung und darunter die Wiese? Zu dem Haus da müssen wir."

„Wie weit ist das, kommen wir mit meinem Wagen da hoch?"

„Da führt keine Straße hin, allenfalls eine Lastenseilbahn, die wird aber von oben, am Bedienpult gesteuert. Barbara Heusser lebte allein, also ist da keiner, der uns hochfahren lassen könnte. Außer ...", er machte eine Pause und sagte dann fast belustigt: „Sie hat einen Geist oder Ihre Zeitungen haben recht und sie hat sich in einen Untoten verwandelt, sonst sehe ich wenig Hoffnung, um das Laufen herumzukommen."

„Wie weit?"

„Vier Kilometer, 1.000 Höhenmeter. Ein gemütlicher Spaziergang."

Als sie zwei Stunden später an der Alm ankamen, war Erwin

dem Zusammenbruch nahe. So erschöpft war er seit den Bundesjugendspielen nicht mehr gewesen, als er sich am Tausendmeterlauf versucht hatte. Auf dem Weg hatte er seinem schweizer Kollegen das Du angeboten, sonst aber nicht viel reden können.

Die Haustür war unverschlossen. Das Mobiliar war sehr stilvoll und am ehesten mit „schwer" und „massiv" zu beschreiben. Dicke Teppichböden und gestickte Bilder an den Wänden ließen die Räume gemütlich wirken. Alle Zimmer waren um den Kachelofen herum gebaut, der das Zentrum des Hauses darstellte.

„Wohnraum, Esszimmer, Küche, Bad im Erdgeschoss, Schlafzimmer und Kinderzimmer sind oben", erklärte Steiner.

Erwin stieg die steilen Stufen hoch. Drei Türen, auf einer links stand „Barbara", dahinter lag ein Kinderzimmer. Die Dachschräge verhinderte, dass man in großen Teilen des Raumes aufrecht stehen konnte. Erwin schaute sich um. Bett, Schreibtisch, Schrank, es war alles da, aber keine persönlichen Gegenstände. Alles war sauber, kein Staub, aber in diesem Zimmer lebte niemand. Auf der anderen Seite war auch eine Tür, auf der „Marie" stand. Womöglich hatten hier Mörder und Opfer Tür an Tür zusammengelebt. Wie hatte er schon damals in Stuttgart auf der Polizeischule gelernt? Die meisten Morde passierten im nächsten persönlichen Umfeld.

Auch in diesem Zimmer lagen große Teile unter einer Dachschräge. Es gab aber Unterschiede, hier war es nicht so klinisch rein. Außerdem war dieses Zimmer nicht völlig ausgeräumt. In den Regalen gab es Bücher und auf dem Tisch und an den Wänden standen und hingen Fotos. Die meisten zeigten ein kleines, pummeliges Mädchen Arm in Arm mit einem größeren. Er trat näher an eines der Fotos heran. Das größere Kind war Marie März, die seit dem Frühjahr 1992 als ermordet galt. Er nahm das Bild in die Hand, in kindlicher Handschrift stand am unteren Rand „Barbara und ich

1.7.1994". Um die Worte waren gut ein Dutzend Herzen gezeichnet. Erwin stellte das Foto zurück.

„Das Zimmer wurde nicht durchsucht? Es wurde hier auch kein Tagebuch gefunden?", fragte er.

„Nein, ich sagte doch schon, es gibt keine Rechtfertigung dafür. In diesem Zimmer war niemand. Wie gesagt, es gibt keinen Fall. Streng genommen dürften wir nicht mal im Haus sein."

Erwin zog die Schuladen heraus und tastete mit den Fingern, ob an der Unterseite etwas versteckt war. Dann nahm er die Bücher und blätterte sie durch. Im Schrank hing die Kleidung eines Teenagers. Erwin trat zurück und betrachtete das gesamte Zimmer. Irgendetwas passte nicht. Er schloss die Augen, stellte sich den Raum vor und öffnete die Augen wieder.

„Warum liegt der Teppich nicht in der Mitte? Entweder vor dem Bett oder in der Mitte, aber vor dem Kleiderschrank?", fragte Erwin den achselzuckenden Schweizer.

Er bückte sich, rollte den Läufer zur Seite und klopfte die Bodendielen ab. Wie erwartet barg eine davon einen Hohlraum. Vorsichtig hob er die Diele an und legte das Brett dann enttäuscht weg. Kein Tagebuch, nur eine Pfeife lag in dem Geheimfach.

Erwin wollte sie gerade herausholen, als Steiner rief: „Stopp, nicht anfassen! Das ist eine Trophäe. Ich gehe jede Wette ein, dass das die Pfeife von dem ermordeten Anton Brüderle ist."

Erwin hatte sich ganz nach unten gebeugt, sodass er jetzt alles erkennen konnte, was im Fach lag. „Trophäe meinst du? Hier sind noch zwei Gegenstände." Erwin richtete sich wieder auf. „Gilt dein Angebot noch, dass ich mir eure Ermittlungsmetoden ansehen darf? Und gibt es hier ein Hotel?", fragte er.

„Hotels gibt es mehr als genug, aber du bist mein Gast. Meine Frau ist gerade nicht da, aber meine Stiefmutter richtet dir gern das Gästezimmer her."

Die Beamten der Spurensicherung, die Steiner gerufen hatte, mussten nicht wandern, sie wurden mit dem Helikopter gebracht. Erwin hoffte schon, zumindest ins Tal geflogen zu werden, als Steiner sagte: „Der Hof von Anton Brüderle ist nicht weit von hier, seine Witwe wohnt noch dort. Sie ist fast 80 Jahre alt, aber recht fit im Oberstübchen. Sie bewirtschaftet den Hof immer noch selbst. Seinerzeit stand sie im Verdacht, weil Anton sie sehr schlecht behandelt und oft geschlagen hatte. Wir sollten mit ihr reden."

Der Weg abwärts war weniger anstrengend, dafür taten Erwin jetzt Knie, Oberschenkel und Waden weh. Der Bauernhof der Witwe wirkte von außen gepflegt, Fenster und Wände waren ordentlich gestrichen. Kühe grasten auf der Weide vorm Haus und Hühner liefen frei herum. Fast wie in einem Prospekt für Ferien auf dem Bauernhof.

„Sie lebt hier alleine?"

„Nein. Kurz nach dem Bürgermeister ist vom Steiner, Dieter die Frau gestorben. Sie waren schon in der Schule befreundet. Drei Monate später haben sie geheiratet."

„Du bist erschreckend gut informiert über die Zeit damals, dabei musst du doch noch ein Teenager ...", Erwin stockte mitten im Satz, die Erkenntnis traf ihn wie ein Schlag. „Steiner. Du bist verwandt mit Dieter Steiner?"

„Ja, er ist mein Vater. Und so erschreckend das ist, ich kenne auch Marie." Er schloss die Haustür auf.

„Wie meinst du das, du kennst sie?"

„Damals lebten hier vielleicht 20 Kinder, wenn es viele waren. Man kannte jeden. Marie war nicht hier in der Schule, deswegen hatte ich wenig Kontakt mit ihr. Sie kam nur in den Sommerferien", erklärte der Schweizer.

„Wo war sie in der Schule?"

„Es wurde erzählt, sie wäre auf einem Internat in der Stadt."

„Das war doch bestimmt sehr teuer. Konnte Vreni Heusser sich das leisten?"

Steiner überlegte, dann schüttelte er verneinend den Kopf.

„Woher kam das Geld? Das sollten wir noch klären", sagte Erwin mehr zu sich selbst. Dann blickte er zu seinem Schweizer Kollegen. „Habt ihr im Haus ein Telefon? Ich müsste meine Beamten kontaktieren."

„Klar haben wir Telefon, du kannst aber auch dein Mobiltelefon nehmen." Er zeigte auf den gegenüberliegenden Hang, auf dem ein riesiger Sendemast aufgebaut war. „Volles Netz für den ganzen Ort."

Erwin trat etwas zur Seite und wählte Gabrieles Nummer.

30

In Heidelberg saßen derweil Gabriele und Manfred an der Hotelbar und warteten auf Luca Skalletti. Er hatte ein neues Zimmer bekommen, weil die Türen sich nicht so schnell reparieren ließen. Ein sichtlich erzürnter Hotelmanager kam zu ihnen an den Tisch.

„Dass wir das melden werden, ist Ihnen hoffentlich klar! Diese Tür werden sie uns ersetzen", schimpfte er.

Gabriele sah sich den Mann im schlecht sitzenden Anzug an, der ihr Sohn hätte sein können, und sparte sich die Antwort, die ihr auf der Zunge lag.

Luca kam zusammen mit dem bestellten Kaffee an ihren Tisch. Nachdem sich der Italiener gesetzt und mit sehr verzweifeltem Gesichtsausdruck um einen Espresso gebeten hatte, entschuldigte sich Gabriele.

„Tut mir sehr leid, wir sind davon ausgegangen, dass Sie in ernster Gefahr sind und da haben wir etwas überreagiert."

„War nicht meine Tür", antwortete der Südländer sichtlich belustigt.

Auch Gabriele lächelte erleichtert. „Gut, nun zum Grund unseres Kommens. Woher kannten Sie Herrn Bauer?"

„Wir hatten in den 80ern beruflich miteinander zu tun und seither einen sehr freundschaftlichen Kontakt."

„Kannten Sie Nadine Keller oder Barbara Heusser? Wussten Sie, wie er mit den beiden in Kontakt stand?"

„Seltsam, das fragte die Beamtin, die gestern zu meinem Schutz abgestellt war, auch."

„Martina Sommer?", fragte Gabriele verwirrt nach.

„Ja. Eine sehr nette Person", bestätigte Luca.

Manfred zuckte ratlos mit den Achseln.

„Ob sich da jemand versetzen lassen will?", fragte Gabriele ihn.

„Mir sagt sie immer, dass sie gerne bei der Spurensicherung sei", gab Manfred zurück.

Gabriele wandte sich wieder dem Italiener zu. „Frau Sommer

hat leider nicht mit uns über das Gespräch mit Ihnen gesprochen, wenn Sie also etwas zweimal beantworten müssen, tut es uns leid. Aber Ihre Aussage ist extrem wichtig für uns."

„Gut. Die beiden Damen kenne ich nicht und Alfred hat sie mir gegenüber nie erwähnt."

„Hat er mal von einer Marie März erzählt?", fragte Gabriele.

„Nein, auch nicht. Aber über derartige Dinge haben wir selten gesprochen. Wir hatten unsere Passion."

„Wir haben im Haus des Professors ein sehr altes Buch von Dante Alighieri gefunden. Wissen Sie was darüber?"

Luca Skalletti lachte lauthals, sodass alle Besucher der Bar sich nach ihm umdrehten. „Wir haben beide dasselbe Buch kopiert, und eine Fügung des Schicksals führte dazu, dass wir unsere Kopien austauschten", erklärte er, als er sich wieder gefasst hatte. „Glauben Sie mir, das Exemplar, das Alfred gezeichnet hat, ist viel besser."

Die Beamten bedankten sich, der Angestellte an der Rezeption war überfreundlich und bot sogar an, das Auto aus der Tiefgarage vor das Haus zu fahren. Sie wollten gerade gehen, als Gabrieles Handy läutete. Es war Erwin.

Als sie geendet hatte, sagte sie zu Manfred: „Du errätst nie, wo unser Chef ist. In der Schweiz! Wir sollen die Konten von Alfred Bauer prüfen, ob es ab 1992 ungewöhnliche Zahlungen des Professors gab, zum Beispiel an ein Internat in Zürich. Er bleibt noch ein, zwei Tage dort."

-31-

Mai 1999

Marie wollte heute ihren 18. Geburtstag feiern. Sie war extra früh aufgestanden, um den Gemeinschaftsraum im Internat zu schmücken. Zusätzlich zu ihrem Taschengeld hatte sie in der Tankstelle unweit der Schule an der Schnellstraße gejobbt, um Getränke und Snacks für diesen besonderen Abend kaufen zu können. Am Nachmittag fuhr sie mit ihrem Freund Jonas in die Stadt, um alles zu besorgen. Aber auf der Fahrt stritten sie sich, mal wieder über diese elende Olympia-Sache. Es war das erste Mal, dass sie sich so in die Wolle bekamen.

Sie hatten sich beim Kampfsport kennengelernt, in einer Judo-Trainingsgruppe. Ab dem Moment, als sie sich das erste Mal sahen, wussten sie, dass sie zusammengehörten. Marie hatte gerade einen Trainingskampf, als Jonas in den Raum trat. Lange konnte sie den Anblick nicht genießen, ihre Gegnerin griff sie an und schleuderte sie auf den Rücken. Das führte zu Begeisterungsstürmen, denn es war Maries erste Niederlage in über fünf Jahren.

Und das vor diesem Jungen. Sie lief hochrot an.

Später war er es dann auch gewesen, der sie zur Teilnahme an der Schweizer Meisterschaft überredet hatte. Zugegeben, es war eine gemeine List von ihm gewesen. Er hatte gesagt, sie wolle doch bestimmt nicht, dass er allein zum Wettkampf fuhr, sie wüsste doch, dass er eine Schwäche für Judokämpferinnen hatte. Er hatte das zwar mit einem schelmischen Lächeln gesagt, aber der Gedanke nagte an ihr und so ging sie mit – zum ersten Mal, seit sie am Ende der fünften Klasse beschlossen hatte, nie mehr in Meisterschaften zu kämpfen.

Jonas hatte keine Chance bei dem Turnier, denn Marie feierte Sieg um Sieg und stand am Schluss als Schweizer Meisterin ganz oben auf dem Treppchen.

Alfred hatte getobt, als sie ihm von dem Turnier erzählte.

Auf ihre Nachfrage, warum er sich nicht für sie freuen könnte, hatte er ihr etwas gestanden, das ihr gesamtes Weltbild auf den Kopf stellte. Ihr Vater, so hatte er gesagt, säße seit fast sieben Jahren im Gefängnis, nur um sie zu schützen. Und sie würde ihm damit danken, dass sie ihr Leben so aufs Spiel setzte. Schockiert hatte sie Alfred versprechen müssen, sich bloß aus dem Rampenlicht fernzuhalten, bloß nicht allzu sehr aufzufallen.

Und dann wurde das Ganze noch schlimmer, denn in diesem September fanden die Olympischen Sommerspiele in Sydney statt, und sie war qualifiziert. Eine Sensation, doch sie musste absagen.

Seit diesem Tag hatte sie keine ruhige Minute mehr. Das ganze Internat, alle Freunde, Lehrer und Betreuer hatten sich allem Anschein nach zur Aufgabe gemacht, sie zur Teilnahme zu überreden.

Als sie mit Jonas in die Stadt fuhr, um die Sachen für ihre Geburtstagsparty zu kaufen, fing er auch damit an. Für das nächste Wochenende hatte sich außerdem noch das Schweizer Fernsehen angekündigt, um einen Bericht über sie zu senden, und weit und breit war kein Loch in Sicht, in dem sie sich hätte eingraben können.

Sie fuhren auf der wunderschönen Panoramastraße, die sich mehrere hundert Meter steil über dem Ufer des Sees am Hang entlang schlängelte. Marie bewunderte das türkisgrüne Wasser. Dann sah sie zu Jonas und brach ihm mit einem gezielten Schlag das Genick.

Anschließend griff sie ins Lenkrad und steuerte in den Abhang. Es war ihr alles egal, sollte sie doch sterben. Der Kleinwagen stürzte die Felswand hinab, überschlug sich mehrfach und kam erst im Kiesstrand des Zürichsees zum Liegen.

32

Erwin hatte sein Gespräch mit Gabriele beendet. Er freute sich schon auf den Bericht, mit dem sie zwei eingetretene Türen rechtfertigen wollten.

Steiners Gutshaus war von der Einrichtung her gemütlich rustikal, Erwin fühlte sich sofort wohl. Auf einer Bank am Kachelofen saß eine sehr alte Frau und stickte ein Blumenmuster auf eine weiße Decke.

„Emma, hier ist ein Polizist aus Deutschland, der möchte dich fragen, was damals mit dem Anton passiert ist", sprach Steiner die Frau sehr laut an.

„Er war ein Schwein, er hat es verdient, tot zu sein", antwortete die Greisin barsch.

Erwin, der zuvor Fotos der Gegenstände im Versteck gemacht hatte, erweckte den Bildschirm seines Smartphones zum Leben und zeigte der Frau ein Bild der Pfeife. „Erkennen Sie die wieder?" Erwin war es unangenehm, so laut sprechen zu müssen.

Sie sah sich das Foto lange an, dann sagte sie: „Ja, das ist die, die er an diesem Tag geraucht hat."

„An was können Sie sich noch erinnern? Gab es an dem Tag etwas Besonderes?" Erwin war völlig klar, dass er sich die Frage sparen konnte, die Frau war über 80 und würde sich wohl kaum an einen Tag erinnern, der über zwei Jahrzehnte zurücklag.

Doch Emma Steiner überraschte ihn. „Er ist völlig durchgedreht, hat mich geschlagen, dann hat er den Hasso erschossen."

Erwin konnte mit den Informationen nichts anfangen.

„Hasso war der Wachhund", warf Steiner erklärend ein.

„Er hat Sie geschlagen? Warum hat er den Hund erschossen? Wollte der Hund Sie verteidigen?"

„Nein, Hasso war an der Kette, der konnte mir nicht helfen. Anton war einfach sauer auf ihn, kann mich nicht mehr erinnern, warum."

„Sie machen das sehr gut", ermunterte Erwin die Rentnerin.

Wieder sprang ihr Stiefsohn für sie ein. „Er scheint wohl an diesem Tag mit seiner Pfeife um ein Haar die Scheune in Brand gesetzt zu haben. Da er nie einen Fehler zugeben würde, war es der große Unbekannte, der die Scheune anzünden wollte, und der arme, altersschwache Hund musste seinen Kopf dafür hinhalten."

„Du glaubst nicht, dass jemand anderes der Brandstifter gewesen sein könnte?", fragte Erwin seinen Kollegen nun direkt.

„Wer denn? Der große Unbekannte? Das Dorf ist winzig, wenn ein Fremder an diesem Tag im Ort gewesen wäre, hätte das jeder gewusst, schon Minuten nach seiner Ankunft. Frag Emma nach ihrem Autokennzeichen und sie kann es dir nennen. Was das betrifft, hat sich hier nie was geändert. Und aus dem Ort war es keiner, es wurde damals jeder, der infrage kam, verhört", erläuterte Steiner.

„Jeder? Auch elfjährige Mädchen?"

Steiner schüttelte verneinend den Kopf.

„Mädchen, ein Mädchen hat da gespielt, als der Anton den Hasso erschossen hat. Da bin ich ans Fenster und da lag die Heusser Barbara auf der Wiese, die muss den Schuss auch gehört haben, weil die setzte sich gerade auf und guckte zu unserem Hof", sagte da die Alte.

Steiner wirkte überrascht. „Davon stand nichts in den Akten."

Die alte Frau war schwerfällig zum Fenster gegangen. „Er hatte sein silbernes Feuerzeug zum Tabak, das war ein sehr teures Feuerzeug, echt Silber. Er hat es immer zurück in die kleine Tasche getan, weil er es beinahe mal verloren hätte. An dem Tag war es nicht in der Tasche." Ein Blick in Steiners Gesicht verriet Erwin, dass dies auch nicht in der Akte stand. „Hasso war ein guter Hund, der hatte das nicht verdient." Erwin war inzwischen zu Emma getreten. Er sah, dass ihr Tränen über die Wangen liefen. „Er war ein guter

Hund."

Erwin blickte nun auch hinaus auf die Grünfläche. „Eine Frage hätte ich noch, dann lasse ich Sie wieder in Ruhe", sagte er. „War da noch ein zweites Mädchen?"

„Nicht gleich, später ist eines am Weg aus dem Wald gekommen. Ein älteres Mädchen, sie sind dann dort den Berg hoch gerannt."

Erwin drehte sich zu Steiner. „Da kamen wir eben runter?" Der Schweizer nickte. „Kannst du die Akte zu dem Fall besorgen? Darf ich sie einsehen?", fragte Erwin.

„Besorgen klar, und wenn du meine Gastfreundschaft dahingehend ausnutzt, auf dem Tisch liegende Akten heimlich zu lesen, kann ich nichts dafür", erklärte Steiner.

„Gut, dann holen wir uns das Teil", sagte Erwin voller Elan, bis ihn einfiel, dass sein Wagen immer noch an der Bushaltestelle stand. „Wie weit ist es zu meinem Auto?"

„Keine Sorge, wir nehmen meinen Wagen", erklärte Steiner.

Erwin sah hinaus auf den Hof. Da waren zwei Kühe, mehrere Schweine und Hühner, aber ein Auto entdeckte er nicht. Als Steiner das Tor zur großen Scheune öffnete, traute Erwin seinen Augen nicht. Dort wartete ein Fuhrpark.

Steiner, der den ungläubigen Blick seines Kollegen richtig deutete:

„Meine Frau und ich arbeiten beide in der Stadt, mit denen zwei", er zeigte auf zwei Mercedes Limousinen, „machst du hier im Winter gar nichts. Dafür haben wir die zwei Jeeps. Und der", er zeigte auf einen roten BMW Z3, der ganz außen parkte, „der ist für den Spaß." Damit ging er zum Sportwagen.

Als der Schweizer den Wagen auf die Zufahrtsstraße lenkte, erklärte er: „Diese Straße habe ich extra für diesen Wagen teeren lassen, davor war hier nur ein Feldweg."

„Verdammt, was verdient man als Polizist bei euch?"

„Das ist das Gleiche wie bei euch, schätze ich, im Staatsdienst kriegt man nichts. Aber meine Frau verdient sehr gut."

Die Fahrt nach Zürich war ein Erlebnis. Steiner trieb den Wagen auf den engen Bergsträßchen auf Höchstleistung und nach etwas mehr als einer Dreiviertelstunde waren sie am Ziel.

Erwin wusste nicht, wie schlecht die Kollegen im Staatsdienst verdienten, für ihre Gebäude gaben sie auf jeden Fall weit mehr aus, als es in Deutschland üblich war. Er dachte an den schwer sanierungsbedürftigen Altbau, in dem sein Präsidium untergebracht war, klapprige Fenster, durch die es im Winter zog und eine Zentralheizung, die lauter war als das Radio, das immer in seinem Zimmer lief. Hier war es ein Neubau, die Fenster waren neu, doppelverglast und vor allem dicht, außerdem fuhren Jalousien je nach Sonneneinstrahlung wie von Geisterhand selbst auf oder zu und das Haus war klimatisiert.

Erwin musste zugeben, etwas neidisch war er schon. Auch das Archiv war völlig anders organisiert. In Heidelberg saß ein Kollege, der sich auf die Suche machte und die gewünschte Akte brachte. Hier dagegen forderte man an einem Computerterminal die Akte an und sie wurde sofort an dem angeschlossenen Farblaserdrucker ausgedruckt. Minuten später hielt man die Papiere in Händen.

Ungefähr zur gleichen Zeit blickten auch Gabriele und Manfred auf einen Drucker, es war ein zehn Jahre alter Tintenstrahldrucker. Die Bank wollte erst einen Gerichtsbeschluss sehen, aber als dieser vorlag, ging es ziemlich fix.

Sie brauchten nicht lange zu suchen, ab September 1992 zahlte Professor Alfred Bauer monatlich 6.000 Mark an ein Sportinternat am See in Zürich. Noch interessanter war aber eine andere monatliche Ausgabe, die im selben Jahr, jedoch schon im März, ihren Anfang hatte. 2.000 Mark gingen auf ein privates Konto in der Schweiz. Auf das von

Vreni Heusser. Sofort rief Gabriele ihren Vorgesetzten an.

33

Juni 1999

„Wir können nur warten, 14 Tage sind bei einem Komapatienten nichts, Herr Bauer. Bei diesen Verletzungen ist es ein Wunder, dass sie überlebt hat. Mehrere Wirbel gebrochen, Schädelbruch, Prellungen. Der Notarzt, der mit dem Rettungshelikopter zuerst am Unfallort war, hat mir erzählt, dass der Haufen Metall, aus dem sie Ihre Tochter herausgeschnitten haben, nichts mehr mit einem Auto zu tun hatte. Den Jungen, der den Wagen gefahren war, mussten wir mit Fingerabdrücken identifizieren, viel mehr blieb nicht übrig."

„Wirbel gebrochen? Wird sie wieder laufen können? Wird sie wieder gesund?"

„Herr Professor Bauer, das kann ich Ihnen jetzt noch nicht sagen. Was wir aber sicher sagen können, ist, dass sie nie mehr Kampfsport wird machen können."

Marie registrierte, dass über sie gesprochen wurde. Sie hatte überlebt und wieder musste der, den sie am meisten liebte, darunter leiden. Marie hätte die Augen öffnen können. Sie probierte vorsichtig, den großen Zeh zu bewegen. Erleichtert merkte sie, wie dieser an der schweren Daunendecke schrappte. Dann döste sie wieder weg.

Als sie erneut zu sich kam, war sie allein. Sie hörte keine Stimmen. Ihr Mund war trocken, sie hatte Durst. Langsam öffnete sie die verklebten Lieder. Sie wusste nicht, wo sie war, alles um sie war tiefschwarz. Nach und nach gewöhnten sich ihre Augen an die Finsternis.

Vor ihr hing ein Kästchen mit roten und grünen LED. Vorsichtig wandte sie ihren Kopf zur Seite, alles fühlte sich steif an. In ihr Sichtfeld kamen eine weiße Tür, ein Schrank und neben ihr ein zweites Bett. Es war leer. Dann fiel ihr Blick auf einen Monitor, darauf waren eine Herzlinie und verschiedene Zahlen zu sehen. Da wurde ihr klar, wo sie war. Sie griff unsicher zum Alarmtaster, der in ihrem Sichtfeld hing und betätigte ihn. Es folgten schnelle Schritte auf dem Gang, die Tür wurde leise geöffnet.

Eine Krankenschwester betrat den Raum. „Hallo, sind Sie wach?", fragte sie.

„Ja", brachte Marie mit schwacher, kratziger Stimme heraus.

Mit der Ruhe war es nun erst mal vorbei, die Schwester rannte los und brüllte noch auf dem Gang: „Sie ist wach!"

Dann kamen mehr Schwestern, ein Arzt und noch einer, jeder versicherte, dass alles wieder gut werden würde. Und Marie spielte brav ihre Rolle und fragte nach Jonas. Am liebsten hätte sie laut losgelacht, als sie eine Vorstellung von „Wie winde ich mich stümperhaft um eine Antwort" vorgespielt bekam. Wäre das Thema nicht so unendlich traurig ...

Das Ende dieser Posse war eine Psychologin, die ihr einfühlsam zu sagen versuchte, dass ihr Freund tot und ihre Olympiaträume geplatzt waren.

Nach zwei Wochen wurde sie in eine Rehaklinik in der Nähe von Sankt Gallen verlegt, wo sie endlose Anwendungen erdulden musste, Laufübungen und ein Korsett, das die Wirbelsäule stabilisieren sollte. Das alles war aber nichts gegen die Hölle der Krankengymnastik. Diese Physiotherapeutin war direkt aus einem Dominastudio entflohen und ihr einziges Hobby war es, ihre Patientin so schlimm es irgend ging zu quälen. Marie hasste sie.

Ironisch war, dass die Schule sie nach so einer Tragödie natürlich nicht durchfallen lassen wollte. Sie bekam das beste Zeugnis in ihren sieben Jahren auf dem Sportinternat.

Barbara kam sie jedes Wochenende besuchen und irgendwie hatte es Alfred geregelt, dass sie sogar bei ihr übernachten durfte. In den Sommerferien konnte sie endlich nach Hause.

Wehmütig sieg sie in die Lastenseilbahn. Eigentlich war es immer der echte Beginn der Sommerferien, wenn sie den Berg zur Alm hochlaufen konnte. Sie schwor sich, es würde der Tag kommen, an dem sie das wieder schaffte.

Als sie ihr Zimmer betrat, traf sie fast der Schlag. Der Teppich war gegen einen richtig dicken und flauschigen ausgetauscht worden. Hatte man ihr Versteck entdeckt? Das Dielenbrett, unter dem es sich verbarg, lag frei. Sie befürchtete das Allerschlimmste, als sie das Brett vorsichtig herausnahm und in die Öffnung sah. Es war noch alles da, ihr Messer, die Pfeife von dem Bastard. Zitternd nahm sie das Messer an sich. Das Versteck war nicht mehr sicher. Marie fügte das Brett wieder ein und zog den Teppich darüber.

Das Abendessen war die Hölle. Marie versuchte, Vreni zu durchschauen. Hatte sie etwas gesehen? Ahnte sie etwas?

Doch dann entspannte Marie sich, zu Einem hätte Vreni das Messer bestimmt nicht dort gelassen, zum Anderen war es ein verdammt gutes Versteck, denn man konnte es auch ohne Teppich kaum sehen. Selbst wenn Vreni es entdeckt hatte, hatte sie sich offenbar dafür entschieden, es auf sich beruhen zu lassen.

Am nächsten Tag packten Barbara und sie ihre Rucksäcke. Die beiden Mädchen wollten auf den Kuhstein, einen 2.217 Meter hohen Berg, der völlig anspruchslos war. Es war ein einfacher Spaziergang von zwei Stunden, aber Marie brauchte mehr als die doppelte Zeit. Sie hatte schlimme Schmerzen, ihre Waden krampften, ihr Rücken war nahezu taub und die Lunge brannte, aber sie erreichte den Gipfel.

Als sie am Abend fast auf allen vieren wie ein Hund in ihr Zimmer kroch, hob sie das Dielenbrett an und legte die Kette ins Fach, die ihr Jonas am Tag seines Todes zum Geburtstag geschenkt hatte.

Dann schleppte sie sich ins Bett und schlief.

34

Steiner lenkte den Sportwagen über eine enge Bergstraße hoch über dem Zürichsee. Das Panorama war atemberaubend. Erwin war nur froh, dass die Straße gut war und auf der gesamten Länge rettende Leitplanken sie schützten.

Steiner, dem die Blicke des Deutschen nicht entgangen waren, sagte belustigt: „Als ich Mitte 20 war, galt das hier als Todesstrecke. Sind schlimme Unfälle passiert, gab viele Tote. Irgendwann wurde entschieden, die Straße auszubauen und zu sichern und seitdem passiert hier kaum noch was."

Das Schulhaus lag malerisch am See, es gab Anlegestellen und eine Ruderstrecke war mit Bojen im See markiert. Die Wohngebäude, in denen die Schüler untergebracht waren, lagen etwas abseits. Dort befand sich auch ein Fußballfeld mit Aschebahn und eine Hoch- und Weitsprunganlage. Ein Hallenbad, ein Freibecken und eine Halle standen neben dem Schulgebäude.

„Die meinen das mit dem Sportinternat wirklich ernst", schlussfolgerte Erwin aus dem, was sich ihm hier bot.

„Das hier ist die Talentschmiede der Schweiz, jeder Spitzensportler in den letzten Jahrzehnten wurde hier ausgebildet und gefördert", bestätigte Steiner die Vermutung Erwins.

Ein Mann Anfang 50, bekleidet mit einem anthrazitfarbenen Designeranzug, trat auf sie zu. Erwin betrachtete ihn näher. Die blau gerahmte Brille ließ ihn jünger wirken, als er wirklich war.

„Hans Meyer, ich bin der Direktor dieses Hauses", stellte der Mann sich vor.

„Wir sind auf der Suche nach einer Schülerin, die ab September 1992 hier zur Schule ging", erklärte Steiner und zeigte seinen Dienstausweis.

„Dann folgen Sie mir bitte, die Daten sind im Keller gelagert. Um welche unserer Schülerinnen handelt es sich?"

„Marie März", antwortete Steiner.

„Sie könnte allerdings auch unter einem anderen Namen angemeldet worden sein", merkte Erwin an.

„Sie kommen nicht von hier. Heidelberg?", fragte der Schulrektor.

„Woher wissen Sie das?"

Meyer lachte. „Ich habe in Heidelberg Medizin studiert, diesen Dialekt würde ich überall wiedererkennen."

„Darf ich fragen, wie Sie dann als Rektor an diese Schule kamen? Bei uns heißt es immer, wenn man in Heidelberg Medizin studiert, steht einem die Welt offen."

„Dürfen Sie, es ist kein Geheimnis. Ich war lange der Mannschaftsarzt des Schweizer Ski-Alpin-Nationalteams. Im Rahmen der Jugendförderung kam ich häufig hierher. Vor zehn Jahren wurde mir der Posten angeboten. Ich habe mir erbeten, sechs Monate auf Probe hier zu arbeiten, mit der Option, zurück zu meiner alten Stelle zu dürfen. Aber schon nach zwei Wochen habe ich dann fest zugesagt."

Der Kellerraum war klar strukturiert, die Schränke nach Jahrgang sortiert. Das erste Mal stutzig wurde Hans Meyer, als er keine Klassenliste fand. Aus den Unterlagen ging hervor, dass 17 Schüler in diesem Jahrgang gewesen waren, das bewiesen die Zahlungseingänge, die fein säuberlich in einem separaten Schank gelagert wurden. Aber es gab nur 16 Schülerakten.

Erwin hätte sein gesamtes Gehalt darauf verwettet, dass es die Akte von Marie war, die fehlte. Er sollte recht behalten.

Auf seinem Smartphone zeigte er ein Foto von Marie, auf dem sie zehn Jahre alt war. Es war eben dieses Foto, mit dem die Polizei im Februar 1992 nach dem Mädchen gesucht hatte, als noch alle hofften, der Fall würde ein gutes Ende nehmen.

Große Zuversicht hatte er nicht, der Rektor war nach eigener Aussage erst Jahre später zur Sportschule gekommen, umso überraschter war er, als Hans antwortete: „Das Mädchen habe ich schon gesehen. Ich meine nicht die

Person, aber auf einem unserer Siegerfotos. Lassen Sie uns mal zum Mannschaftsraum der Ruderer gehen, die Fotos anschauen."

Die Ruderer hatten einen eigenen Pokalraum, die Wände aller Zimmer waren mit Siegerfotos tapeziert, es würde Stunden dauern, bis sie alle durchhatten. Dann kam der Trainer der Rudermannschaft mit einem Wagen, auf dem über 20 Fotoalben lagen.

35

In Heidelberg kamen die Beamten zumindest im Mordfall Nadine Keller etwas weiter. Ein im Radio gesendeter Zeugenaufruf brachte eine Vielzahl an Hinweisen. Leider konnten sich viele der Zeugen besser an das Opfer als an die Täterin erinnern.

Der Bahnhof in Heidelberg war einige Jahre zuvor mit Kameras ausgestattet worden. Im optimalen Fall konnte diesen nichts entgehen, denn sie hingen an jedem Gleis, sodass jeder Reisende von zwei Seiten gefilmt wurde. Jeder Treppenabgang und die Unterführungen waren ebenso überwacht wie das Bahnhofsgebäude selbst.

Um die Bänder einzusehen, hatten sich Gabriele und Manfred mit dem Sicherheitschef verabredet. Der wartete schon ungeduldig auf sie, als sie fünf Minuten nach der ausgemachten Zeit in sein Büro traten. Auf dem Namensschild des extrem dicken Mannes stand Daniel Eisenhauer. An der Wand vor ihm hingen 20 kleine Monitore, für jede installierte Kamera eine. In der Mitte und damit genau im Sichtfeld war das Bild der Kamera, die der Bediener gewählt hatte, in diesem Fall der Wartebereich des Bahnhofsgebäudes, mit Zoom auf ein junges Mädchen in einem sehr kurzen Rock.

Als der Sicherheitsmann bemerkte, wo Gabriele hinschaute, wechselte er schnell die Kamera, sodass nun der Haupteingang des Bahnhofs auf dem Bildschirm zu sehen war.

„Sieh's positiv", sagte Manfred. „Mit ein bisschen Glück haben wir Nahaufnahmen vom Opfer, von der Ankunft bis zum Verlassen des Gebäudes."

Gabriele sah sich um. Der Stuhl hing in Liegeposition fast am Boden. Der Tisch war übersät mit Krümeln, dazu eine Tasse Kaffee und drei große Colaflaschen, und zwar nicht die leichte, nein, die mit viel Zucker. Der Mülleimer quoll über vor Süßigkeitenverpackungen. Gabriele betrachtete den Fetten, das hellblaue Hemd mit Schocklade verschmiert und aus der zu engen Hose hängend. Der Typ schwitzte wie ein Schwein. Die Beamtin fragte sich, warum. Möglich war natürlich, dass alleine das Aufstehen aus dem Stuhl ihn konditionell an seine Grenzen brachte.

„Sie sind der Sicherheitschef vom Heidelberger Bahnhof?"

„Nein, ich bin nur in der Zentrale, unser Chef muss in Mannheim aushelfen. Personalmangel", erklärte Eisenhauer, der zu einem Handtuch auf dem Stuhl gegriffen hatte, um sich den Schweiß vom Gesicht zu wischen.

„Wir sind hier, um die Kameraaufzeichnungen von gestern Abend zwischen 18 Uhr und 20 Uhr anzusehen."

Herr Eisenhauer begann zu zittern. „Bei Ihnen alles gut? Sollen wir einen Arzt rufen?", fragte Manfred besorgt.

„Nein, nur etwas unterzuckert, bin nämlich Diabetiker", gab der Dicke zurück und wedelte nun, als wolle er das eben Gesagte beweisen, mit einem dunkelblauen Insulin-Pen.

„Die Videoaufzeichnungen?", erinnerte Gabriele gereizt.

„Ja, die DVD-Rekorder sind dort unten im Schrank", erklärte der Fette.

„Schön, woran hängt es?"

„Bitte?"

„Ja, her mit den Aufzeichnungen." Jetzt war Gabriele hörbar gereizt.

Eisenhauer ging zum Schrank und beugte sich schwerfällig nach unten, wobei seine Hose rutschte und den Blick auf seine braun verfärbte Arschspalte freigab.

„Ich muss kotzen!", erklärte Gabriele und wandte sich mit größtem Ekel ab.

Daniel Eisenhauer richtete sich wieder auf. „Mir fällt gerade ein, wir haben gestern nicht aufgezeichnet. Ab 17 Uhr war nämlich der Strom weg. Ich kann mich noch ganz genau erinnern, denn um die Zeit esse ich immer einen kleinen Snack und ich musste alle Big Macs kalt essen, weil die Mikrowelle nicht ging", erklärte der Sicherheitsmitarbeiter.

„Stromausfall?", fragte Gabriele. „Wie kam das? Gibt es

keinen Notstrom?"

„Ja, der Techniker sagte, draußen am Verteiler wäre unsere Sicherung ausgefallen."

„Gut, sei's drum. Name und Telefonnummer von dem Techniker?"

Eisenhauer öffnete seine Scheibtischschublade, wühlte in Schokoriegelverpackungen und Bonbonpapier und zauberte einen angebissenen Schokoriegel hervor. Mit den Worten: „Den suche ich schon den ganzen Tag", biss er ein Stück ab. Kurz darauf fand er die gesuchte Visitenkarte, die seinem Hemd sehr ähnlich war.

Angewidert nahm Gabriele das schokoladenverschmierte Papier an sich. „Gut, jetzt die DVD. Unsere Techniker schauen sich das Teil mal an." Zu Manfred sagte sie: „Ich muss das nicht sehen, ich geh mal raus und ruf den Techniker an."

Gabriele nahm ihr Smartphone aus der Tasche und ging zur Tür. Das Letzte, was sie hörte, war, wie der Dicke zu Manfred sagte: „Deine Kollegin ist ja heiß, könntest du mir ihre Telefonnummer geben?"

Die Tür war noch nicht ins Schloss gefallen, da hatte sie schon die Kurzwahltaste für ihren Kollegen gedrückt. Manfred nahm das Gespräch fast sofort an. „Manfred, wenn du dem Mastschwein meine Nummer gibst, stirbst du! Qualvoll!"

„Es tut mir leid, sie mag es nicht, wenn ich ihre Nummer rausgebe", hörte sie Manfred sagen.

Beruhigt rief sie den Techniker an. Was der sagte, veranlasste sie, noch mal mit dem Sicherheitsmann zu reden. Als sie in den Raum trat, beugte sich Manfred gerade über den Rekorder und drückte den Auswurfknopf.

„So, ich würde sagen, Sie haben ein ganz großes Problem! Die Sabotage einer Sicherheitseinrichtung ist eine Straftat, dafür wandern Sie in den Bau. Kein Fastfood, keine Schokolade, nichts Süßes, nur drei Mal am Tag einen ungenießbaren Fraß aus der Gefängnisküche", erklärte Gabriele.

Der Fette riss die Augen auf und keuchte hektisch. „Bitte, ich tue alles, bitte!", stammelte er panisch.

„Gut, dann reden wir mal. Und keine Lügen mehr. Wenn mir gefällt, was ich höre, könnte ich dem Staatsanwalt vielleicht sagen, dass Sie uns geholfen haben. Dann könnten Sie mit Bewährung davonkommen." Gabriele hatte ihn genau da, wo sie ihn haben wollte.

„Ja, ja, ich sage alles", stammelte Eisenhauer mit knallrotem, tropfnassem Gesicht. Schweißflecken bildeten sich unter den Armen.

„Vorsicht, Gabriele, der geht uns noch hops, wenn du ihn weiter so in die Mangel nimmst", warnte Manfred.

„Ach was, wenn der sich die Schuhe bindet, ist er näher am Herzinfarkt.

Gut, beruhigen Sie sich erst mal. Trinken Sie einen Schluck und dann sagen Sie uns, warum Sie die Sicherung rausgedreht und erst drei Stunden später den Techniker angerufen haben."

„Da war diese heiße Blondine, die wollte mit mir essen gehen, wenn die Kameras für drei Stunden nicht gehen, und da habe ich halt die Sicherung rausgenommen. Hab Elektromechaniker gelernt, ich weiß, wie das geht. Ich dachte, wenn ich es so mache, bin ich weniger verdächtig, als wenn ich die DVD verschwinden lasse."

„Weniger verdächtig, Mann, Sie verschmieren das Schaltschrankschloss und die Sicherung mit Schokolade. Da hätten Sie gleich noch einen Zettel mit ‚Ich war es' dazulegen können. Gut, Butter bei die Fische, wie sah die Blondine aus?"

„Geil, die hatte eine hautenge schwarze Hose an und einen geilen Arsch, Backen wie zwei Sommeräpfel, und eine Figur ... würde sagen, Kleidergröße 36 und zwei solche Möpse ..." Mit den Händen zeigte er, wie groß sie seiner Meinung nach waren.

Verzweifelt blickte Gabriele zu ihrem Kollegen, aber dessen Gesicht sah ebenso ratlos aus, wie sie sich fühlte. „Gut, das hilft uns schon etwas weiter. Name, Telefonnummer, irgendwas, mit dem wir rausfinden können, wer sie war?"

„Ja, Vorname. Lolita. Und ich hab ihr meine Nummer gegeben, weil sie sich ja melden will, wann wir ausgehen. Ich ruf Sie sofort an, wenn sie sich meldet."

Gabriele schlug sich verzweifelt mit der flachen Hand an die Stirn.

„Was hat sie?", fragte der Sicherheitsmann.

„Ach, nichts", antwortete Manfred. „Meine Kollegin befürchtet nur, dass es länger dauern könnte."

Gabriele nahm all ihre Kraft zusammen. „Wie sah ihr Gesicht aus? Trug sie eine Brille? Krumme Nase? Augenfarbe? Oder hatte sie eine Warze im Gesicht? Könnten Sie unserem Phantombildzeichner die Frau beschreiben?"

Eisenhauer schaute sie ratlos an. „Brille kann sein, weiß ich aber nicht, Nase hatte sie, Augen glaube ich auch. Nein, eher keine Brille. Aber sie hatte einen geilen Arsch. Den würde ich sofort wiedererkennen."

Gabriele sah ein, dass das hier nichts brachte. „Gut, wenn Sie Feierabend haben, kommen Sie bitte ins Präsidium, machen Ihre Aussage und gehen zum Zeichner. Vielleicht fällt Ihnen ja doch noch was ein, das uns weiterbringt."

„Muss ich jetzt ins Gefängnis? Bitte, dort werden Männer, die sich nicht wehren können, vergewaltigt", winselte der Fette mit sich vor Angst überschlagender Stimme.

„Machen Sie sich keine Sorgen, es gibt wohl keinen Staatsanwalt, der Sie ernsthaft für schuldfähig hält, wenn er länger als eine Minute mit Ihnen geredet hat."

Erleichtert und glücklich bedankte sich der Sicherheitsmann.

„Danke, vielen Dank, ich werde nie mehr was Verbotenes tun, nie mehr."

Als die Beamten den Raum verließen, fragte Manfred: „Hat

der sich dafür bedankt, dass du ihn für zu doof hältst, für seine Taten in den Bau zu wandern?"

36

350 Kilometer weiter im Süden waren zwei Polizisten in der Sportschule am See in Zürich seit Stunden damit beschäftigt, Fotos anzusehen.

Es war bereits dunkel und Steiner hatte gerade beschlossen, die Alben mit den Fotos, die sie noch nicht gesichtet hatten, mitzunehmen und nach dem Abendbrot durchzugehen, als Hans Meyer zu ihnen trat.

„Ich hab mich geirrt, ich habe die Schülerin gesehen, aber nicht bei den Ruderern. Folgen Sie mir", sagte er und stürmte vor ihnen aus dem Raum.

Im Haupthaus rannte er die Treppen in den vierten Stock hinauf. Die viel jüngeren Polizisten hatten große Mühe, ihm zu folgen.

„Hier ist unsere Kampfschule, es ist nur eine kleine Gruppe von Schülern, die sich hierfür begeistern. Die meisten interessieren sich für populärere Sportarten, mit denen man Geld verdienen kann. Fußball, Ski-Alpin oder Tennis", erklärte er. „Deswegen konnte ich mich auch nicht erinnern. Genau genommen hatten wir nur eine wirklich herausragende Kampfsportlerin, und zwar das Mädchen auf Ihrem Foto."

Er führte sie an eine Wand, an der nicht viele Fotos hingen. Über dem größten stand in roten Buchstaben: „Schweizer Landesmeisterschaft 1999". Auf dem Bild strahlte ein junger Mann mit einer jungen Frau um die Wette. Sie hatte die Goldmedaille um den Hals hängen. Das Foto zeigte ohne Zweifel Marie März. Darunter stand: „6.12.1998-12.12.1998 – Unsere Teilnehmer bei der Schweizer Landesmeisterschaft, Jonas Brunner und Marie März."

Erwin glaubte, seinen Augen nicht zu trauen. Da stand Marie März. Nun stellte sich erst recht die Frage, warum die Akte entwendet worden war, dieses Foto jedoch nicht. Noch etwas verwirrte ihn an dem Bild. Das Mädchen war eindeutig Marie, aber auf eine nicht greifbare Art kam ihm die junge Frau seltsam bekannt vor.

„Was ist an dieser Meisterschaft so besonders? Da sind gut zwei Dutzend Schweizer Meister, sogar Europameister, warum wurde um Marie ein solcher Hype gemacht?", fragte Erwin.

„Das waren alles Jugendmeisterschaften, sie aber holte den Titel bei den Erwachsenen, und im Jahr 2000 waren Olympische Sommerspiele. Sie war die einzige Kampfsportlerin dieser Schule, die je für Olympia qualifiziert war", erklärte Meyer.

„Mit diesem Jonas Brunner müssen wir unbedingt sprechen. Vielleicht kannte er Marie ja näher", beschloss Erwin.

Der Schuldirektor las gerade einen Zeitungsartikel, der etwas abseits an der Wand hing. „Er kannte sie durchaus näher, war sogar ihr Freund. Nur mit ihm sprechen wird wohl kaum möglich sein."

Die beiden Polizisten traten nun auch zu dem Artikel. Unter dem Foto eines völlig zerstörten Kleinwagens stand in breiten Buchstaben: „Tragisches Ende unserer Olympiahoffnung".

Erwin überflog den Text. Das Paar war an Maries 18. Geburtstag vom Einkauf in der Stadt auf den Weg zurück ins Internat von der Straße abgekommen und mit ihrem Wagen in die Tiefe gestürzt. Laut dem Bericht war Jonas sofort tot gewesen, Marie hatte im Koma gelegen. Eine Notoperation wegen mehrerer gebrochener Wirbel hatte sie überstanden.

„Gebrochene Wirbel? Sie sitzt im Rollstuhl?", fragte Erwin.

„Nicht unbedingt. Nur, wenn Knochenmark austrat", erklärte der Rektor.

„In welches Krankenhaus wurde sie gebracht?", fragte Erwin.

„Bei so schweren Verletzungen? Nächstmögliche Klinik. Universitätsspital Zürich würde ich sagen", antwortete der Schulleiter.

Wenig später raste Steiners Sportwagen zurück in die Stadt, auf der Straße, die Marie vor so vielen Jahren zum Verhängnis geworden war.

Das Universitätsspital Zürich bestand aus mehreren

Gebäuden, der Haupteingang befand sich in einem hässlichen Betonklotz. Erwin zählte 13 Stockwerke. Steiner lenkte seinen Flitzer in das klinikeigene Parkhaus. Erwin las die Stundenpreise, und stellte erschrocken fest, dass er einen Kleinkredit aufnehmen musste, wenn er hier sein Fahrzeug abstellen wolle.

„Gut, dass wir noch einen Platz bekommen. Viele parken hier, ist die günstigste Parkmöglichkeit in Zürich", sagte der Schweizer wie aufs Stichwort.

Erwin sparte sich jeden Kommentar. Parken war hier eben was für Besserverdiener. Als sie durch den Haupteingang in die Empfangshalle schritten, verriet ihnen ein Werbeschild, dass es fast 900 Betten gab, aber 1.400 Ärzte. Erwin mutmaßte, dass die einen sehr lockeren Job hatten, wenn sich drei Mediziner um zwei Patienten prügeln mussten. Zeit, mit ihnen zu sprechen, hatte trotzdem niemand, wie die Frau an der Infotheke erklärte.

Ihre Dienstausweise konnten die Dame doch noch überzeugen, gemächlich jemanden anzurufen, der sich der Polizisten annahm. Zwei Stunden später, Erwin hatte inzwischen große Teile seines Monatsgehalts in den Snackautomaten geworfen, kam ein Mitarbeiter aus der Verwaltung, den man aus seinem verdienten Feierabend herausgerissen hatte.

Erwin schätze den Mann auf Mitte 20, und wenn man seinen schweren Gang sah, konnte man den Eindruck gewinnen, dass er mindestens schon zwölf Stunden schwerste körperliche Arbeit im Steinbruch hinter sich hatte.

„Polizei also", sagte der junge Mann gelangweilt. „Warum werde ich von euch in meinem Urlaub gestört?"

„Wir müssten eine Akte vom Mai 1999 einsehen, es handelt sich um ein Unfallopfer namens Marie März", erklärte Steiner.

„Gut, richterlicher Beschluss bitte, dann kann es auch schon losgehen."

„Den Beschluss reichen wir nach", sagte Steiner.

„Ja, dann ruft wieder an", sagte der Krankenhausbedienstete und wollte gehen.

Er war schon an der Glastür, als Steiner ihm entschlossen folgte. Erwin beobachtete, wie die beiden Männer sich unterhielten, dann kam der Beamte mit breitem Grinsen zurück und erklärte: „Es ist alles geklärt, wir dürfen ins Archiv"

„Einfach so? Du verarschst mich doch!"

„Wenn ich es dir doch sage, ist alles nur Beobachtungsgabe. Hast du seine Pupillen gesehen? Drogen, Alkohol, egal, er kam mit dem Auto. Damit ist sein Führerschein weg. Sollte er Drogen genommen haben, verliert er auch seinen Job. Ich hab ihm erklärt, dass wir normalerweise keine Zeit für solche Bagatellen haben, aber jetzt, da wir auf den Richter warten müssen, hätten wir Ressourcen frei. Der hatte es richtig eilig, uns zu helfen."

„Das ist doch Erpressung."

„Nee, nur ein Denkanstoß", erklärte der Schweizer.

Das Archiv des Krankenhauses war gesichert wie die Goldreserven der Nationalbank.

„Eigentlich hätten wir die medizinischen Daten am Computer einsehen können, die Jahre 1995-2010 fehlen aber noch. Wir haben eine Firma in Deutschland damit beauftragt, die Dokumente zu digitalisieren. Da behaupten die immer, *wir* wären langsam. Wenn einer langsam ist, dann sind es die Deutschen, aber immerhin sind sie billig."

„Hat der nicht mitbekommen, dass ich Deutscher bin?", fragte Erwin seinen Kollegen.

„Doch, bestimmt. Sonst hätte er das eben nicht erzählt", antwortete Steiner belustigt.

In der fußballplatzgroßen unterirdischen Halle stand Metallschrank an Metallschrank. Es waren tausende. Hinter ihnen fuhr die schwere Metalltür lautlos zu. Ihr Gastgeber wandte sich nach links, wo ein Computerterminal in die Wand eingelassen war.

„Wie hieß die Patientin?", fragte er.

Als er Maries Namen eingegeben hatte, warf der PC die Information aus, die Akte läge in der sechsten Reihe links, Schrank 512. Je näher sie ihrem Ziel kamen, umso sicherer war sich Erwin, dass auch diese Akte verschwunden war. Doch sie stand genau an der ihr zugedachten Position im Schank.

„Und die Aktie von Jonas Brunner", verlangte Erwin aus einem Impuls heraus.

Die war unweit von der seiner Freundin eingelagert, jedoch weit weniger umfangreich. Tatsächlich wurde nur der Tod festgestellt, dazu ein Autopsiebericht. Ihr Gastgeber brachte sie in einen angrenzenden Raum. Auf einem Tisch an der Wand standen eine Kaffeemaschine, ein Wasserkocher und eine Mikrowelle.

„Fühlen Sie sich wie zu Hause. Kaffeepulver und Milch stehen im Kühlschrank. Zucker steht auf dem Tisch. Wenn Sie hier fertig sind, ich bin im Schwesternzimmer im dritten Stock."

Erst widmeten sie sich der Akte von Marie. Sie war fünf mal operiert worden, hatte zwei Wochen im Koma gelegen, hatte aber gute Chancen, mit kleineren Einschränkungen ein ganz normales Leben führen zu können. Sie wurde zur weiteren Behandlung zu einer Rehaklinik in Sankt Gallen verlegt. Steiner notierte sich die Adresse. Interessant war ein Bericht der Psychologin. Diese war der Meinung, dass Marie die Wahrheit verdrängte und ihre Gefühle zu verbergen versuchte. Sie hatte empfohlen, das Mädchen weiter psychologisch zu behandeln.

Dann wandten sie sich Jonas Brunner zu. Er hatte nicht weniger als fünf schwere Verletzungen, von denen jede für sich genommen schon tödlich war. Besonders eine Quetschung im Nacken und das an dieser Stelle gebrochene Genick erweckten Erwins Argwohn.

„Sie war Kampfsportlerin. Sie hätte ihn mit einem Schlag

töten können. Warum hat man diese Verletzung nicht näher untersucht?"

„Nun, du solltest ihnen zugutehalten, dass du bei einem Auto, das 300 Meter in die Tiefe stürzt und einer Leiche, deren Schädel zwischen Autodach und Felsen zu Brei gequetscht wurde, nicht nach einem Mord suchst. Vor allem nicht, wenn die Einzige, die den Mord hätte begehen können, mit im Auto in die Tiefe rast."

„Mal was von erweitertem Suizid gehört?", fragte Erwin.

„Steht etwas in der Richtung in dem Bericht vom Psychologen?", wollte Steiner wissen. Erwin schüttelte ratlos den Kopf. „Vielleicht finden wir in der Rehaklinik in Sankt Gallen was. Es stand im Bericht, dass sie weiter in Behandlung bleiben soll. Aber erst morgen. Wenn wir was essen wollen, müssen wir uns beeilen, ist schon 23 Uhr."

„Um die Uhrzeit sind hier noch Restaurants offen?", fragte Erwin.

„Nein, natürlich nicht, aber meine Frau hat einen sehr leichten Schlaf, wenn wir zu spät noch in der Küche zugange sind, darf ich die nächsten Wochen auf der Couch schlafen."

Der Abend verlief dann noch fröhlich. Steiner zauberte aus seinem Keller einen sehr leckeren Tannenzapfenlikör und sein Vater Dieter steuerte einen Kasten Bier bei. Nach einer Flasche Hochprozentigem, einem halben Laib frischem Brot und selbst gemachtem Käse, sangen die Polizisten Arm in Arm in der Küche.

„Haben wir deine Frau noch nicht geweckt?", fragte Erwin lallend.

Dieter antwortete: „Die ist doch gar nicht da."

„Stimmt, die ist beruflich unterwegs", unterbrach Bernd seinen Vater.

Der Älteste war aufgestanden und fragte in die Runde: „Hab noch eine Flasche Mirabelle, trinkt noch einer mit?"

-37-

Nach dem Reinfall am Bahnhof fuhren Gabriele und Manfred ins Präsidium. Wegen der Vielzahl an Hinweisen auf die Radiomeldung wurden extra zwei Beamte am Telefon abgestellt, die erst mal die Spreu vom Weizen trennen sollten.

Der Kollege, der gerade nicht telefonierte, berichtete. „Die meisten wollen wissen, ob es Vampire gibt, und ob die durch geschlossene Fenster kommen. Zehn fragten nach der Belohnung. Die üblichen Spinner, die behaupten, der Mörder zu sein. Und meine liebste Irre am heutigen Tag war eine, die von einer Polizeiverschwörung sprach. Der Mörder wäre ein Polizist."

„Und reichen geschlossene Fenster, um Vampire draußen zu halten?", fragte Manfred den Beamten.

„Das kommt natürlich darauf an, ob er in eine Fledermaus verwandelt ist!", gab der lachend zurück.

In dem Moment kam der nächste Anruf rein und der Beamte schaltete den Lautsprecher ein und meldete sich. Ein raue, fast gestöhnte Stimme sagte: „Ich hab die Kleine umgebracht, ich hab sie vergewaltigt und dann ausgesaugt."

„Ahh, interessant. Aber Vampire haben doch gar keinen Penis, die sind ja so was wie impotent", antwortete der Beamte belustigt.

„Ja, ich hab sie natürlich nicht gefickt, aber ausgesaugt hab ich sie. Dann hab ich mich in eine Fledermaus verwandelt und bin weggeflogen", erklärte der Anrufer.

„Gut, Ihre Aussage ist uns wichtig. Können Sie sich morgen bei uns melden? Haben Sie was zum Schreiben? Gut, dann kommen Sie bitte zu uns, PZN, Heidelberger Straße, in Wiesloch. Melden Sie sich beim Pförtner und sagen Sie ihm, Sie müssten eine wichtige Aussage zu einem Mordfall machen. Der weiß dann schon, was er zu tun hat."

Als er aufgelegt hatte, fragte Gabriele: „Die Adresse hat doch nichts mit uns zu tun?"

„Nein, wir haben mit der geschlossenen Abteilung von der psychologischen Landesklinik eine Absprache. Wir schicken ihnen einfach unsere richtig Bekloppten und sie kümmern sich dann um sie."

„Macht Sinn", bestätigte Manfred in das Läuten des nächsten Anrufers hinein.

„Hallo, meine Name ist Theo Müller, ist dort die Polizei?", hörten sie eine sehr alt klingende, zittrige Männerstimme.

„Ich gehe immer mit meinem Waldi abends noch eine Runde um den Bahnhof, damit er mir nicht auf den Teppich macht. Das macht nämlich mein Waldi, wenn er nicht raus darf. Und ich glaube, ich habe die Mörderin gesehen. Die Frau, die ermordet worden ist, kam mit einer Blondine vom Bahnhof."

Gabriele mischte sich ins Gespräch ein. „Gabriele Hauf, Mordkommission, wir möchten gerne mit Ihnen reden. Können Sie zu uns kommen, oder sollen wir zu Ihnen fahren?"

„Kommen Sie doch bitte zu mir, ich bin 93 Jahre alt, da ist das nicht mehr so einfach. Die Knochen wollen nicht mehr so wie früher, früher wäre ich zu Ihnen gejoggt, ich kann das, ich bin Marathon gelaufen", erzählte der Alte und man konnte den Stolz aus seiner Stimme raushören.

Der Zeuge wohnte unweit vom Bahnhof und so parkten sie nur eine Stunde, nachdem sie weggefahren waren, wieder auf genau demselben Parkplatz.

Auf der gegenüberliegenden Straßenseite stand eine Reihe Mehrfamilienhäuser aus der Mitte des letzten Jahrhunderts. Theo Müller wohnte im Erdgeschoss. Die Wohnung machte auf den ersten Blick einen sauberen, aber schlichten Eindruck. Herr Müller saß am Küchentisch, eine Tasse Tee vor sich und zu seinen Füßen lag ein Rauhaardackel.

Gabriele kam gleich zum Punkt. „Sie haben also eine blonde Frau gesehen, die mit dem Opfer aus dem Bahnhof kam?"

Der Rentner trank ein Schluck. „Ich habe die Frau sogar zwei Mal gesehen. Ich laufe mit Waldi immer die Lessingstraße vor zur Montpellierbrücke. Und als ich da über die Ampel ging, sah ich sie parken, mit einem roten Mercedes, so ein neuer ohne Stern auf der Motorhaube. Ist fast nicht von einem Japaner zu unterscheiden. Früher war ein Mercedes noch Qualität.

Auf jeden Fall parkte sie und stieg aus. Sie hatte eine schwarze Hose an, die war so eng, die hätte gleich nackt auf die Straße gekonnt. Dann hat sie auf helllichter Straße in aller Öffentlichkeit mit einem unheimlich dicken Mann angebandelt. Ich bin gestimmt nicht intolerant, aber so was gab es früher nicht.

Ich bin dann zur Brücke zum Czernyring, ich lauf nämlich immer auf der Rückseite vom Bahnhof zurück, da kann mein Waldi besser, und da hab ich diese unmögliche Person mit der Frau aus der Zeitung aus der Unterführung kommen sehen. Dass es mit der kein gutes Ende nimmt, wusste ich gleich, die war ja auch fast nackt. Ich bin ein toleranter Mann, aber so wäre meine Magarete nicht mal ins Schwimmbad gegangen.

Ich bin dann weiter zur Czernybrücke gelaufen und diese Frauen in die Nötherstraße, da ist ja auch der Puff. Dass man da so viel Geld verdient, das hat es früher nicht gegeben. Das Auto stand die ganze Nacht da, ich bin am nächsten Morgen um sechs Uhr mit Waldi die Runde gelaufen und da war der rote Wagen immer noch da."

„Hatten Sie den Eindruck, dass die blonde Frau die andere gezwungen hat, dass sie mitkommt?"

„Nein, die liefen nebeneinander und lachten, aber ich habe auch gleich weggesehen, was sollen die Nachbarn von mir denken, wenn ich da zu lange hingucke?"

„Gut, Herr Müller, Sie haben uns sehr geholfen. Es kommt morgen noch ein Zeichner von uns, dem beschreiben Sie bitte ganz genau, wie die blonde Frau aussah."

Als sie gingen, fragte Gabriele: „Dein Mercedes, ist das eher ein älterer oder einer, der aussieht wie ein Japaner?"

„Der Alte spinnt doch", erzürnte sich Manfred.

Da es schon spät war, beschlossen sie, Feierabend zu machen.

Als Manfred nach Hause kam, war der Tisch gedeckt, Kerzen flackerten und ein guter Wein stand geöffnet im Weinkübel. Martina hatte den ganzen Abend in der Küche verbracht, um ihm vier Gänge servieren zu können.
Manfred frotzelte scherzhaft: „Die Krankheit hat dich nicht so geschwächt, dass du nicht kochen kannst."
„Wo wir gerade bei der Arbeit sind, du kommst spät. Seid ihr weitergekommen?"
„Vielleicht ein bisschen. Wir haben einen Zeugen, der die Mörderin von Nadine Keller gesehen hat, einen Rentner. Theo Müller wohnt gegenüber vom Bahnhof. Eigentlich haben wir zwei Zeugen, aber die Pfeife vom Sicherheitsdienst kann sich nur an den Arsch der Killerin erinnern."
„Dann solltet ihr auf jeden Fall eine Gegenüberstellung machen. Ladet die verdächtigen Frauen ein und lasst sie den Popo vor die Glasscheibe halten."
„Du bist so doof", antwortete Manfred.
„Lass uns essen", sagte Martina.
Der weitere Verlauf des Abends führte dazu, dass Gabriele auch am nächsten Tag wieder länger auf ihren Kollegen warten musste.

-38-
Juli 1993
Endlich Sommerferien. Obwohl Marie im Internat viele gleichaltrige Freunde und Freundinnen hatte, war es schön, wieder zu Barbara und ihrer Mutter zu kommen.

Doch am kleinen Bahnhof stand nur Vreni, und auch als sie an der Alm ankamen, sprang ihr keine lachende und sich freuende Barbara entgegen. Stattdessen lag das Mädchen auf ihrem Bett und redete kaum.

Erst am zweiten Tag erzählte sie, dass die Schule die Hölle sei. Der Lehrer schlug sie täglich, alle in der Klasse, aber sie besonders. Er behauptete, dass er das täte, damit sie nicht so würde wie ihre Mutter.

Am Montag wanderte Marie ganz früh mit Barbara ins Tal, Süßigkeiten kaufen. Hätte Vreni ihren kleinen Gast besser gekannt, hätte sie gewusst, dass Marie nur einer einzigen Süßigkeit erlegen war, und das war industriell erzeugtes Wassereis. So jedoch gab sie beiden Kindern zwei Franken und dachte sich nichts weiter dabei.

Es gab einen kleinen Tante-Emma-Laden im Dorf, dort konnte man für ein paar Rappen Süßwaren aus dem Glas kaufen. Aber es gab auch sonst alles, Lebensmittel, Putzmittel bis hin zu Alkohol und Zigaretten.

Barbara hielt die Verkäuferin auf Trapp, während Marie bei den Hygieneartikeln ein Rasiermesser betrachtete. Als die Verkäuferin immer noch keine Notiz von ihr nahm, steckte sie es ein. Dann stellte sie sich zu Barbara und ließ sich auch für zwei Franken eine Papiertüte füllen. Die Kleine würde sich freuen, wenn sie morgen noch mehr Schleckereien essen durfte.

Kaum waren sie wieder auf der Straße, fragte Marie: „Barbara, wo wohnt denn dein Lehrer?"

„Am Mühlbach. Warum?", sagte das kleinere Mädchen.

„Zeig mir das mal!", sagte Marie.

„Nein, ich hab Angst. Wenn er mich sieht, schlägt er mich

wieder!"

„Er darf uns eben nicht sehen. Wir schleichen uns aus dem Wald an", erkläre Marie.

Auf der kurzen Wanderung schwieg Barbara. Marie merkte, dass ihre Schwester mit jedem Schritt, den sie sich dem Hof von Anton Brüderle näherten, mehr Angst hatte. Sie zitterte regelrecht. Marie beschloss, dass ihre Barbara nie mehr zu diesem Mann würde gehen müssen.

500 Meter vor ihrem Ziel traute sich die Sechsjährige nicht mehr weiter. Marie ließ sie mit ihrer Süßigkeitentüte auf einer gemähten Wiese zurück.

„Wenn jemand kommt, versteck dich. Ich komme gleich zurück", sagte sie.

Jetzt lief sie nicht mehr auf dem Weg, sondern hielt sich etwas abseits im Wald und wollte von hinten zum Bauernhof des Lehrers gelangen. Nur etwa 15 Meter vom Haupthaus entfernt versteckte sie sich zwischen Büschen und beobachtete den Hof. Eine Frau, vielleicht Mitte 50, stand an einer Wäscheleine und hängte Kleidung auf.

„Weib! Wo bist du faules Stück schon wieder!", hörte Marie den Lehrer brüllen.

Die Reaktion der Frau war dieselbe wie die von Barbara, wenn die Sprache auf diesen Tyrannen kam. Sie zog den Kopf ein und wurde stocksteif. Marie konnte die Augen der Frau nicht sehen, aber sie war sich sicher, die gleiche Panik in ihnen zu entdecken, wie sie sie von ihrer kleinen Schwester kannte.

Dann stand er im Hauseingang, der zum Hof führte. Braune Cordhose, weißes Unterhemd, Hosenträger, die über dem fetten Bauch spannten und die stinkende Pfeife im Mund. Die Frau stand reglos mit einem weißen Lacken in den Händen da, als der Lehrer langsamen Schrittes an ihr vorbeiging.

An der Scheunenwand klopfte er seine Pfeife aus, nahm ein Lederetui aus der Hosentasche und öffnete es. Er holte Tabak heraus und drückte ihn mit dem Daumen in den Pfeifenkopf. Dann nahm er ein silbernes Feuerzeug und zündete genussvoll die Tabakspfeife an. Er verstaute das Feuerzeug wieder in der winzigen Ledertasche und legte die Pfeife auf einem Sims ab. Dann griff er den Kuhabtriebstock, der an der Scheunenwand lehnte. Ganz langsam ging er zu der Frau. Marie glaubte zu sehen, wie sie zitterte.

„Wann bekomme ich mein Mittagessen, Weib?" Er sprach nun bedrohlich leise.

„Ich wollte nur noch die Wäsche ..." Der Schlag mit dem Stock traf sie mit unglaublicher Brutalität im Rücken und schleuderte sie zu Boden.

„Wann bekomme ich mein Mittagessen?", fragte Anton Brüderle noch leiser.

„Um zwölf Uhr", antwortete die auf dem Boden kauernde Frau.

„Interessant. Wie viel Uhr haben wir jetzt?" Er sprach nun so leise, dass Marie ihn aus ihrem Versteck kaum noch hörte.

„Fünf nach zwölf." Wieder sauste der Stock auf sie herab. Die Frau wimmerte.

„Was liegst du faul hier rum, unnützes Weib? Soll ich dich zu deinem Herd hin prügeln?"

Erst krabbelte die Frau auf allen vieren in Richtung Haus, konnte sich aber aufrappeln und stolperte zum Eingang. Anton war ihr mit dem Stock drohend auf den Fersen.

Marie blickte zum Mauersims. Die Pfeife, das Stroh, das auf dem Boden verteilt lag, die Chance war einfach zu günstig. Sie eilte zur Scheune, nahm das Feuerzeug aus dem Ledertäschchen, schob mit dem Fuß Stroh zusammen und zündete es an.

Schon hörte sie sie Stimme des Tyrannen näherkommen. „Ich schau nach den Hühnern. Wenn um halb nicht das Essen auf dem Tisch steht, gnade dir Gott."

Marie legte das Feuerzeug zurück auf das Sims, wischte mit der Hand die Pfeife zu Boden und rannte. Mit einem Sprung kam sie gerade noch hinter ihren Busch. Anton war auf den

Hof gekommen und sah das Feuer. Er rannte die wenigen Meter und konnte den Brand mit seinen riesigen Schuhsohlen austreten. Behäbig beugte er sich zu der Pfeife und hob sie auf.

„Wie unvorsichtig von mir!", sagte er zu sich.

Er nahm frischen Tabak und drückte ihn in den Pfeifenkopf. Dann betätigte er sein Feuerzeug und zündete den Tabak an. Marie wurde es eiskalt. Genussvoll sog der alte Mann den Rauch in seine Lungen, sein Blick flog über den Waldrand und verharrte auf dem Busch, der ihr als Versteck diente. Marie traute sich nicht, zu atmen, aber dann wandte Anton sich ab und betrat die Scheune. Nur Sekunden später kam er wieder heraus, eine Schrottflinte im Arm, die er gerade durchlud.

Marie wägte ab, ob sie schnell genug war, um zu flüchten. Doch Anton ging nicht zum Waldrand, sondern zum Hund, der träge in der Mittagshitze lag. Der Lehrer legte an und schoss zweimal.

Marie hatte genug gesehen, jetzt rannte sie, sollte er sie doch hören.

An diesem Abend lag sie lange wach, wartete, bis alle im Haus schliefen und stieg dann lautlos aus ihrem Bett. Sie zog schwarze Jeans, einen schwarzen Pulli und schwarze Schuhe an, steckte ihr neues Messer ein und kletterte aus dem Fenster.

Zum Bauernhof des Lehrers waren es nur drei Kilometer, nur bergab, sie brauchte nicht mal eine halbe Stunde. Die Leine des Kettenhundes lag schlaff und ohne Hund im Hof, Haustüren schloss hier keiner ab. Das Schafzimmer war einfach zu finden, nur immer dem Schnarchen nach. Vorsichtig öffnete Marie die Tür. Kaum vorstellbar, dass bei der Lautstärke eine Frau an seiner Seite schlafen konnte, aber es war so.

Sie zog sich zurück, schloss lautlos die Schlafzimmertür und wartete. Dabei ließ sie ihr Messer auf und zu klappen. Irgendwann verstummte das Schnarchen, die Tür ging auf, schwere Schritte erklangen. Marie schlich zur Toilettentür. Von drinnen drang ein Trommelfeuer von Fürzen an ihr Ohr. Sie versteckte sich wieder, das Messer aufgeklappt in ihrer Hand. Erst hörte sie die Spülung, dann erneut schwere Schritte auf dem Flur, von ihr weg. Leise fluchte sie. Wo er auch immer hinging, es war nicht zurück ins Schlafzimmer.

Der Lehrer saß am Küchentisch und trank ein Bier aus der Flasche. Marie schlich sich an und schlug blitzschnell zu. Sie rammte dem Tyrannen das Messer seitlich in den Hals und riss es nach vorn heraus. Blut spritzte. Der alte Mann drehte sich im Todeskampf zu ihr, sah sie mit weit aufgerissen Augen an, dann fiel er tot vom Stuhl.

Marie wischte ihr Messer an der Kleidung des Toten ab, klappte es seelenruhig wieder zu und steckte es ein. Dann tat sie etwas, das sie sich später nicht mal selbst erklären konnte. Sie griff nach der Pfeife und steckte sie zum Messer in ihre Hosentasche. Danach verließ sie das Haus genauso lautlos, wie sie gekommen war.

Der Weg zurück war weit beschwerlicher und es dämmerte schon, als Marie außen an der Holzwand empor zu ihrem Zimmerfenster kletterte. Sie zog ihren Schlafanzug an, nahm die Papiertüte mit den Süßigkeiten, schlich zu Barbara ins Zimmer und legte die Tüte auf ihren Nachtisch.

Das Messer und die Pfeife – das doofe Teil muffelte immer noch widerwärtig nach Vanille – versteckte sie unter einem losen Bodenbrett und zog zur Sicherheit den Teppich darüber.

Um sechs Uhr ging Theo Müller wie jeden Morgen mit Waldi Gassi. Er war wie üblich schon um halb fünf aufgestanden, hatte seine Morgengymnastik gemacht, geduscht und ausgiebig gefrühstückt. Theos Mutter hatte immer gesagt, er sollte morgens essen wie ein König, mittags wie ein Edelmann und abends wie ein Bettler. Daran hatte er sich stets gehalten. Theo war für sein Alter in beachtenswerter Form.

Als er auf die Straße trat, war alles so wie immer. Die Lessingstraße war zu dieser frühen Stunde durch den Berufsverkehr schon gut gefüllt, eine Stunde später würde der Verkehr völlig zum Erliegen kommen. Der rote Mercedes fiel dem Rentner nicht auf, als er an der Ampel die mehrspurige Straße überquerte. Erst als der Wagen neben ihm abbremste, bemerkte er ihn aus dem Augenwinkel.

Theo sah nicht zur Seite, aber er hörte ein Geräusch, das er aus seinen Wehrmachtszeiten noch allzu gut kannte. Instinktiv ließ er sich zu Boden fallen. Das erste Geschoss streifte seine Schulter, bevor es in eine Plakatwand einschlug, unter deren Werbeslogan der Warnhinweis stand, dass rauchen tötet. Die Patronen zwei und drei verfehlten ihn um Meter.

Plötzlich heulte eine Polizeisirene auf, blaues Licht erhellte die morgendliche Dunkelheit. Zum großen Glück des Rentners fuhr nur vier Autos hinter dem roten Mercedes der Attentäterin ein Streifenwagen. Die beiden Beamten waren noch kurz vor dem Schichtwechsel am Bahnhofskiosk einen Kaffee trinken gegangen. Nun befanden sie sich auf dem Weg zurück zum Präsidium, als sie die Schüsse nur wenige Meter vor sich hörten.

Die Schützin war aufgeschreckt und flüchtete, sie raste mit quietschenden Reifen in Richtung Innenstadt davon. Der Fahrer des Streifenwagens nahm die Verfolgung auf. Der Mercedes schoss über eine rote Ampel und bog in die

Bergheimer Straße ein, deren Fahrspuren durch Straßenbahngleise getrennt waren. Zu dieser Uhrzeit war die Straße schon gut gefüllt, aber dank des Martinshorns des Streifenwagens machten viele Fahrer die Fahrbahn frei. Leider auch für den flüchtenden roten Flitzer.

Dann zog der Mercedes auf die Straßenbahngleise und beschleunigte auf über 100 Stundenkilometer. Das Polizeiauto tat es ihm gleich. Als den beiden Wagen eine Straßenbahn entgegenkam, zog das rote Auto nach links in den Gegenverkehr. Die Polizisten wichen nach rechts aus und steckten hinter den stadteinwärts fahrenden Fahrzeugen fest. Hilflos mussten die Beamten zusehen, wie der Mercedes hinter der Bahn wieder auf die Gleise zog und mit Vollgas davonraste.

Gabriele, die im Büro saß, verschluckte sich an ihrem Tee, als sie vom Attentat auf ihren Zeugen hörte. Sie nahm ihr Telefon und rief Manfreds Handy an. Ohne Läuten meldete sich der Anrufbeantworter. Gabriele fluchte, der Typ lernte einfach nicht dazu. Dann wählte sie seine Festnetznummer. Nach dem zweiten Klingeln meldete sich eine weibliche Stimme.

„Martina Sommer, Telefon von Manfred Bohrmann."

Gabriele hätte am liebsten aufgelegt. Auf die hatte sie nun gar keine Lust. Aber sie musste ja Manfred informieren, also meldete sie sich.

„Hallo Martina, ich bin es, Gabriele, ich muss mit Manfred sprechen", sagte sie.

„Du, sorry der schläft noch, er kam gestern spät ins Bett."

„Wecken!", befahl Gabriele, der nun der Geduldsfaden riss.

Manfred versprach, direkt zur Uniklinik zu kommen, und zu Gabrieles Überraschung stand ihr Kollege schon vorm Haupteingang, als sie dort ankam.

„Mordanschlag? Auf unseren Zeugen? Woher soll die Mörderin von dem Zeugen wissen, falls sie es überhaupt war", fing Manfred an, seine Kollegin zu löchern.

„Davon kannst du ausgehen, roter Mercedes, blonde Fahrerin, klingt ganz nach unserer Verdächtigen", antwortete Gabriele knapp.

„Verdammt, woher wusste sie von dem Zeugen? Wir waren gestern Abend erst dort", fragte Manfred.

„Hast du mit jemandem gesprochen?", fragte Gabriele.

„Nur mit Martina, aber die gehört ja zu uns. Und du?"

„Mit niemandem, mein Freund ist gerade in China, Geschäftsreise. Wir haben doch mit dem Zeichner gesprochen, dass ein Zeuge wegen einem Phantombild heute zu ihm kommt. Wir sollten ihn fragen, ob er jemandem davon erzählt hat."

Manfred nickte, aber er war sich sicher, dass sie Theo Müllers Namen nicht genannt hatten und erwähnte das auch.

Die Erleichterung war groß, als sie Müller im Krankenzimmer am Tisch sitzen und mit der Krankenschwester flirten sahen.

„Ihnen scheint es ja schon wieder recht gut zu gehen", folgerte Gabriele.

„Wurde ja nicht mal richtig getroffen. 1945 war das was ganz anderes, da wurde richtig auf einen geschossen. Ostfront, niemand, mit dem ich dort war, kam nach Hause. Wissen Sie, das Geräusch, wenn eine Waffe durchgeladen wird, das vergisst man nie. Ich hab mich fallen gelassen und den Kopf unten gehalten."

„Haben Sie den Angreifer gesehen?"

Der Rentner verneinte. „Aber es war wieder dasselbe Auto", sagte er.

Als sie gingen, sagte Gabriele: „Er hatte unheimliches Glück. Als die Schüsse fielen, war ein Streifenwagen nur 50 Meter entfernt. Der machte Blaulicht an, was den Angreifer in die Flucht trieb. Leider war es dunkel und die Kollegen waren nervös, sie konnten sich das Nummernschild nicht merken und auf der Bergheimer Straße hatte der Mercedes sie abgehängt."

„Eine kerzengerade Straße, ein roter Benz? Und sie lassen sich abhängen?", fragte Manfred ungläubig.

40

Erwin wachte bäuchlings auf einem Sofa auf, er war vollständig angezogen und sein Schädel dröhnte. Erst wusste er nicht, wo er war. Vor ihm auf einem niedrigen Glastisch standen Schnaps- und Bierflaschen, ein Brot und Käse.

Verzweifelt sah sich Erwin nach Wasser um, er hatte Durst, großen Durst, aber alle Flaschen, die da kreuz und quer auf Tisch und Boden lagen, waren leer. Langsam kehrte die Erinnerung zurück.

Er stand auf und torkelte ins Badezimmer, drehte den Wasserhahn auf und trank. Erst jetzt bemerkte er den alten Mann, der amüsiert auf der Toilette saß.

„Wir haben auch Mineralwasser, du brauchst hier nicht aus dem Hahn zu trinken", sagte Dieter lachend.

Erwin senkte den Blick. „Entschuldigung", sagte er und schloss die Tür.

„Die vertragen nichts, die Deutschen", sagte der Schweizer im Bad.

Erwin trat in die Küche, wo Bernd gut gelaunt am Tisch saß und Kaffee trank. „Wir haben dich mal schlafen lassen."

„Danke. Habt ihr Wasser und Kopfschmerztabletten?", fragte Erwin.

„Da, im Schrank, mittlere Schublade sind die Medikamente." Sein Gastgeber zeigte auf einen schönen alten Schrank.

Die Fächer waren mit kunstvollen Schnitzereien verziert und die oberen Fächer hatten Glastüren, hinter denen man das gute Porzellan sehen konnte. Auf der Fläche über den Schubladen standen Fotos in Bilderrahmen. Als Erwin die mittlere Lade öffnete, fiel sein Blick auf ein Hochzeitsbild. Der Mann im teuren schwarzen Anzug war ganz klar Bernd. Zum Stutzen brachte ihn die Frau an seiner Seite, die Braut. Sie hatte ein schönes, vornehm schlichtes weißes Kleid an. Der Erste, was Erwin durch den Kopf ging, war, dass er sie schon mal gesehen hatte. Er konnte aber nicht sagen, wie oder wann. Bernd riss ihn aus seinen Gedanken.

„Keine Aspirin drin?", fragte er.

Erwin nahm eine grün-weiße Schachtel heraus und hob sie hoch. „Gefunden", verkündete er.

Mit der Schachtel in der Hand ging er zum Tisch und nahm Platz. Er spülte die Tabletten mit schwarzem Kaffee runter.

„Ich hab mit der Klinik in Sankt Gallen telefoniert. Der damals behandelnde Arzt ist im Ruhestand, aber sie werden die Akten für uns aus dem Archiv holen."

An diesem Morgen fuhren sie mit dem Geländewagen, denn Bernd hatte Angst, dass ihm sein Gast die teuren Alcantara-Ledersitze seines Roadstars vollkotzen könnte.

Sankt Gallen war ein winziges Städtchen eingeschlossen zwischen grasbewachsenen Hügeln und Bergen. Bernd parkte den Wagen in der Altstadt unweit der Stiftskirche. Leider mussten sie dann noch etliche Treppen steigen, um zu der etwas höher gelegenen Kurklinik zu gelangen.

Aus der Akte erfuhren sie nur, dass Marie wohl nicht an den Rollstuhl gefesselt sein würde. Ernüchtert stiegen sie die Treppen wieder hinab zum Parkplatz. Erwin hatte die Bewegung gutgetan.

„Wie geht es jetzt weiter? Auf der Suche nach Barbara sind wir keinen Schritt weiter", stellte er frustriert fest.

„Ich würde mir nicht zu viele Sorgen machen. Die Menschen bei uns im Tal sind zäh", sagte Bernd. „Oh, das hatte ich ganz vergessen, meine Männer sind mit der Durchsuchung der Almhütte fertig, sie haben nichts außer dem Feuerzeug und der Tabakpfeife gefunden."

Erwins Mobiltelefon läutete. Als er das Gespräch beendet hatte, schien die Zukunft schon viel rosiger.

„Wir haben den Aufenthaltsort von der Person, wegen der Marie damals untertauchen musste", sagte er und rief Gabriele an.

41

In Heidelberg waren Gabriele und Manfred beim Mittag, als sie der Anruf ihres froh gelaunten Chefs erreichte.

„Wir wissen jetzt, wo sich unser Bankräuber aufhält", verkündete er.

Gabriele war gerade etwas abgelenkt, weil sie mit ansehen musste, wie ihr Kollege eine große Tasse Kaffee eingoss und in der schwarzen Brühe fünf Stück Würfelzucker versenkte.

„Er wohnt in Frankfurt", hörte sie ihren Vorgesetzten sagen.

Manfred spuckte den Kaffee angewidert über den Tisch.

„Von wann ist der?", fragte er.

„Du bist die Woche damit dran, die Maschine abends zu reinigen und morgens Kaffee zu kochen", antwortete Gabriele.

„Ich? Ich habe keinen Kaffee mehr gekocht, seit Erwin weg ist."

„Und ich trinke keinen", konterte Gabriele. „Ich trinke Kräutertee, besser für die Haut."

„Was ist bei euch los?", brüllte Erwin und gab, als er endlich die volle Aufmerksamkeit seiner Kommissare hatte, den Aufenthaltsort von Karl Schulz durch.

Erwin wandte sich wieder seinem Schweizer Kollegen zu. „Ich glaube, ich komme hier nicht weiter. Ich sollte zurück nach Heidelberg."

„Dann müssen wir uns beeilen, es zieht ein Schneesturm auf. Wenn der erst mal losgeht, kommst du heute nirgends mehr hin."

„Schneesturm? Wir haben Mitte März", bemerkte Erwin ungläubig, um dann selbstbewusst zu verkünden: „Ich komme aus der Pfalz, ich bin schon im Schnee gefahren. So ein paar Zentimeter machen mir nichts aus."

„Du glaubst echt, du kommst mit deinem Wagen durch einen Meter Neuschnee?", fragte Bernd belustigt.

Erwin hatte bei „im Schnee fahren" eher an so etwas wie

Schneematsch auf der Straße gedacht, also schwieg er jetzt lieber. Aber schlimm würde es bestimmt nicht werden, noch schien die Sonne und keine Wolke war am Himmel.

Das änderte sich im Verlauf der nächsten Stunde schlagartig. Als sie am Hof von Bernd ankamen, war die Sonne verschwunden, es war gut zehn Grad kälter und es blies ein unangenehmer Wind aus dem Norden.

„Hol deine Sachen, ich schaue nach den Tieren. Wir treffen uns wieder hier. Überleg es dir, ich kann dir nur raten, noch eine Nacht hierzubleiben. Der Sturm wird echt hässlich."

Während Bernd auf die Weide zu seinen Kühen ging, lief Erwin ins Haus. In der Küche saß Dieter am Tisch und trank ein Bier.

„Auch eins?", fragte der Senior.

„Gern", antwortete Erwin und trat zum Kühlschrank.

Dabei fiel sein Blick wieder auf das Foto auf dem Schrank. Die Erkenntnis traf ihn wie ein Schlag. Er nahm das Bild, dann holte er sich eine Jacke von der Garderobe.

Als er nun vor die Tür trat, waren die Wolken schwarz und Blitze züngelten. Obwohl es noch früh am Mittag war, dämmerte es schon. Die Windböen rissen ihn fast von den Beinen. Weit oben am Berg lag sein Ziel, die Alm von Barbara Heusser.

Die ersten Schneeflocken peitschten aus den Wolken. Erwin stellte den Kragen auf und ging los. Die Sicht wurde schlechter, und der Weg, an den er sich krampfhaft als Orientierung zu klammern versuchte, versank zunehmend in weißen Fluten. Ein greller Blitz erhellte die Umgebung und es folgte ein ohrenbetäubender Donner.

Bernd stürzte in die Küche, wo noch immer sein Vater saß und Bier trank.

„Wir müssen alles verrammeln, das wird der schlimmste Schneesturm der vergangenen Jahre", rief er und fragte dann, als er sich umgesehen hatte: „Wo ist Erwin?".

„Der wollte sich ein Bier nehmen. Dann hat er irgendwas auf dem Schrank gesehen und ist nach draußen gerannt. Ich dachte, er wollte zu dir."

Bernd blickte zum Küchenschrank. Er merkte sofort, dass sein Hochzeitsfoto fehlte. „Scheiße!", rief er, dann drehte er sich zu seinem Vater. „Ruf die Bergrettung, ein Mann ist in Not, ich fahr mit dem Schneepflug raus."

An der Garderobe sah er, dass Erwin den Wintermantel seines Vaters genommen hatte. Er zog seinen eigenen an und riss die Schlüssel für den großen Traktor vom Schlüsselbrett. Das landwirtschaftliche Nutzfahrzeug konnte mit einem Aufbau im Winter zum Schneepflug umgebaut werden.

Bernd öffnete die Haustür und wurde augenblicklich von dem eisigkalten Wind zurück ins Haus geworfen. Er nahm allen Mut zusammen, stand auf und warf sich mit seinem ganzen Gewicht in den Sturm.

Weit oberhalb des Bauernhofes der Steiners hatte Erwin längst den rettenden Weg aus den Augen verloren. Ein Blick verriet ihm, dass seine eigenen Fußspuren im Schnee versunken waren. Wieder riss ihn eine Windböe von den Beinen und warf ihn einige Meter den Abhang hinab. Die Kälte brannte auf seiner Haut. Mit letzter Kraft rappelte er sich auf und kämpfte sich weiter durch den weißen Flockenwirbel.

Bernd lenkte den Traktor aus der Scheune, mit allen Scheinwerfern strahlte er in die Schneefocken. Er sah nicht mal den Anfang seines Fahrzeugs. In einem letzten verzweifelten Akt riss er eine Holzkiste unter seinem Sitz hervor und nahm die darin liegende Signalpistole. Er öffnete die Fahrertür seines Traktors, trat auf die Einstiegsstufe und richtete den Lauf in den Himmel. Er sah die Explosion der Leuchtspurmunition nicht, trotzdem drückte er ein zweites Mal ab.

Fast zwei Kilometer entfernt merkte Erwin davon nichts, wieder warf ihn der Schnee zu Boden. Er schaffte es nicht mehr, aufzustehen. Auf Händen und Knien robbte er weiter. Langsam wurde ihm klar, welch fatalen Fehler er gemacht hatte.

In Heidelberg war von Schnee oder Sturm wenig zu sehen. Gabriele schaute auf ihren Zettel, den sie während des Telefonats mit Erwin geschrieben hatte.

„Der Typ wohnt jetzt in Königstein bei Frankfurt. Dann nehmen wir ihn mal richtig in die Mangel", sagte sie.

Die Fahrt nach Frankfurt war zäh, was im Feierabendverkehr zu erwarten gewesen war. Erst die Baustelle am Darmstädter Kreuz, dann ging auf der Autobahn nach Frankfurt nichts mehr. Zu ihrem Glück mussten sie nicht in die Stadt reinfahren.

„Wo liegt eigentlich Königstein?", fragte Manfred, als sie nach dem Frankfurter Westkreuz wieder von der Großstadt wegfuhren. „Wird etwas außerhalb liegen, die wollen bestimmt nicht alle Ex-Häftlinge in der Stadt wohnen haben", beantwortete er sich die Frage selbst.

Wenig später fuhren sie in ein malerisch gelegenes Villenviertel. Das Dorf lag eingebettet in die Berge des Taunus. Die Adresse des Bankräubers war eine prachtvolle Villa weit oben am Hang mit herrlicher Aussicht auf die Mainmetropole.

Das schmiedeeiserne Tor fuhr auf und gab ihnen die Einfahrt in einen gepflegten Garten frei. Am Ende des Weges erhob sich ein moderner, mehrstöckiger Bau, der irgendwie deplatziert wirkte. Auf der Parkfläche davor standen drei Fahrzeuge, die in ihrem Wert das Jahreseinkommen der gesamten Heidelberger Mordkommission um ein Vielfaches überschreiten durften.

Manfred erklärte gerade, für welch einen Frevel er es hielt, einen Ferrari gelb wie ein Postauto lackieren zu lassen, als aus der Haustür ein Herr in einem sündhaft teuren Anzug trat. Ihm folgte ein Typ in Jeans und weißem Shirt.

Der Mann war mindestens 70 Jahre alt, aber enorm durchtrainiert. Quer über seine Glatze verlief eine übel aussehende Narbe, auch neben dem Auge war eine. Der

Bankräuber merkte, wohin die beiden Beamten blickten und grinste.

„Die Jugend war trotz der Schmerzen eine schöne Zeit", sagte er.

Gabriele wollte gerade etwas erwidern, als ihr Manfred zuvorkam. „So, jetzt hören Sie mal zu, schicken Sie den Chef erst mal rein und wir reden. Sie wollen ja nicht, dass er erfährt, was Sie alles ausgefressen haben."

Der Mann im Anzug, ein dürrer Typ mit riesiger Hakennase, wollte gerade antworten und atmete hörbar ein, als Karl Schulz die Hand beschwichtigend auf seine Schulter legte und sagte: „Ganz im Gegenteil, ich bezahle ihn sogar dafür, dass er sich anhört, was ich ausgefressen habe. Zugegeben, bis auf ein paar Strafzettel in den letzten 20 Jahren hatte er wenig zu tun." Er zeigte auf die Sportwagen und ergänzte: „Aber es wäre eine Sünde, diese Schätze nicht zeigen zu lassen, was sie drauf haben."

Der Mann im Anzug zog eine Visitenkarte aus einem Metalletui und drückte sie ihnen in die Hand. „Dr. Samuel-Noah Rosenzweig, Anwalt, Rechtsanwaltskanzlei Rosenzweig und Partner", las Gabriele.

„Mein Mandant ist ein angesehenes und geschätztes Mitglied ..."

„Lass gut sein, Samuel", unterbrach Schulz den Mann. „Also, was wollen Sie? Sie kommen doch bestimmt nicht den weiten Weg hierher gefahren, um über alte Zeiten zu plaudern."

„Wie viele Banken muss man überfallen, um sich das hier alles leisten zu können?", fragte Manfred bissig.

Der Anwalt machte sich gerade bereit, als Karl belustigt antwortete. „Banken? Ich hab was viel Besseres! Ich habe vor über 20 Jahren einen Lottojackpot geknackt, in Deutsche Mark umgerechnet 80 Millionen. Dann hab ich das Ganze mehr als verhundertfacht." Er blickte in das völlig perplexe Gesicht von Manfred und erklärte fast lachend: „Zu schwer? Ihr Smartphone hat einen Taschenrechner. Gut, jetzt sind meine Vermögenswerte geklärt, weshalb sind Sie hier?"

„Wir haben in Heidelberg in einem Tunnel die Leiche eines kleinen Mädchens gefunden. Es könnte sich um die Tochter von Heinz März handeln. Der hat Angst davor, dass Sie dem Kind was tun. Außerdem haben wir zwei Knastvögel, die uns zwitscherten, dass Sie jedem von ihnen 500 Mark gegeben haben, damit sie März aufmischen. Was haben Sie uns dazu zu sagen?"

„Viele Fragen, ich kläre mal kurz mit meinem Anwalt die Verjährungsfristen, aber ich glaube, ich kann Ihnen alles sagen, was Sie wissen wollen", versprach Karl. Im Weggehen drehte er sich noch mal zu den Beamten um. „Gehen Sie ruhig ins Haus, die Köchin kann Ihnen Kaffee und etwas zu trinken bringen. Machen Sie es sich bequem." Dann verschwand er mit seinem Anwalt hinter zwei ordentlich gestutzten Büschen.

Die beiden brauchten nicht lange auf Schulz zu warten.

„Mein Anwalt sagt, ist alles verjährt. Also, Ihren Professor kenne ich, ja, das war ein guter Zufall.

Ich vertickte gerade Drogen an der Alten Brücke und schaute genau in dem Moment in den Wald, als plötzlich so ein piekfeiner Anzugträger wie aus dem Nichts hinter ein paar Felsbrocken auftauchte. Der hatte eine Karte von dem Tunnel, den ich dann ein paar Jahre später nach meinem Bankraub zur Flucht benutzt hab.

Die Beute sollte Heinz März für mich gewinnbringend anlegen. An dem Tag, als er mir meine Kohle bringen sollte, brachte er ein Mädchen mit. Er war es, der auf sie geschossen hat. Ich wollte ihn erschrecken und hab die Kleine in den Tunnel gebracht. Natürlich hätte ich sie auch wieder freigelassen, aber als ich das machen wollte, war sie weg. Stattdessen lag ein totes Mädchen im Tunnel, ein anderes Kind, aber in derselben Kleidung."

„Woher wollen Sie wissen, dass es ein anderes Mädchen war?

Vielleicht war Marie schlimmer verwundet, als es den Anschein hatte, und ist dann dort unten gestorben. Gestorben, weil Sie ihr nicht geholfen und sie lieber in einen Tunnel eingesperrt haben?", brauste Gabriele auf.

„Nein, Marie hatte eine Schusswunde, die Patrone hatte sie hinter dem Ohr gestreift. Die Wunde hat bestimmt eine Narbe hinterlassen. Verheilt und spurlos verschwunden ist das garantiert nicht. Überhaupt ist doch an dem toten Kind im Tunnel eine Autopsie vorgenommen worden."

„Die Wunde ...", fragte Manfred.

„Jetzt nicht", zischte Gabriele genervt.

„Aber es ist wichtig", erklärte der Kommissar.

Gabriele wandte sich entnervt ihrem Kollegen zu: „Was ist so wichtig?"

„Sie entschuldigen uns kurz?", fragte Manfred den Zeugen.

Gabriele folgte ihrem Kollegen außer Hörweite.

„Ich hab dir doch von dem Buch, 501 ungewöhnliche Sexstellungen erzählt, also, ich hab Martina mit den Handschellen ans Treppengeländer ..."

„Ich muss kotzen! Bist du total bescheuert?", fuhr Gabriele ihren Kollegen fassungslos an.

„Da habe ich so eine Narbe bei ihr gesehen", stammelte der kleinlaut.

„Was für eine Narbe?"

„Na, so wie die Schusswunde, die er eben beschrieben hat."

„Wie alt ist Martina eigentlich?", fragte Gabriele.

„Mitte 30. 1981 geboren."

„Das würde passen. Ich rufe Erwin an, der soll sie erst mal in den Verhörraum holen." Sofort korrigierte sie sich. „Verdammt, der ist ja in der Schweiz. Müssen wir es halt selbst in die Hand nehmen."

Kurz darauf raste ein schwarzer BMW in Richtung Heidelberg.

„Wir müssen uns beeilen, Erwins Telefon war besetzt. Ich habe ihm auf den Anrufbeantworter gesprochen", sagte

Gabriele und fragte über den Lärm des Martinshorns: „Eines versteh ich nicht. Den zweiten Mord an Nadine Keller konnte sie doch gar nicht begangen haben. In der Nacht war sie mit dir zusammen, ihr kamt morgens gemeinsam zu spät. Erinnerst du dich, du sagtest mir, sie sei schuld, dass du nicht pünktlich gewesen seist."

„Ja, sie war schuld! Aber weil sie sich am Abend mein Auto geliehen hatte und dann morgens nicht beikam", erklärte Manfred und ergänzte: „Und am Fundort von Stellas Leichnam ist sie einfach verschwunden, bei dem Durcheinander hat ja keiner auf sie geachtet."

„Und Erwin hat ausgerechnet sie zum Schutz von Luca Skalletti eingeteilt", sagte Gabriele und drückte das Gaspedal ganz durch. Die Tachonadel kletterte rasant über die 200-km/h-Marke.

„Fahr mich zu ihr. Wenn es jemanden gibt, der sie dazu bringt, aufzugeben und sich zu stellen, bin ich das", sagte Manfred wild entschlossen.

„Vergiss es, du geht auf gar keinen Fall alleine zu der Geisteskranken."

„Du vergisst, ich habe die letzten Nächte hilflos schlafend neben ihr gelegen. Wenn sie mir was hätte tun wollen, hätte sie alle Zeit der Welt dazu gehabt."

„Keine Chance, wir gehen da zusammen rein. Und wenn sie nur zuckt, bekommt sie ein drittes Nasenloch. Mann, Manfred, das ist eine irre Mörderin, versteh das."

Manfred sagte nichts mehr, bis sie in Heidelberg in Martinas Straße ankamen. Gabriele hatte gerade den Wagen geparkt, als sie zwei metallene Stifte am Hals spürte.

„Was ist das?", fragte sie.

„Elektroschocker, der macht nichts, du schläfst nur etwas. Und wenn du aufwachst, hab ich Martina schon überredet, dass sie sich stellt. Und keinem wird was passieren."

Gabriele sagte gerade noch: „Du bist so ein Idiot", als ein unmenschlicher Schmerz ihren Körper durchzuckte und alles um sie herum schwarz wurde.

Als sie wieder zu sich kam, war ihr speiübel und sie schmeckte Blut. Sie öffnete die Augen und sah ihre Hände mit Handschellen ans Lenkrad gekettet. Sie würde Manfred die Fresse polieren, sobald sie ihn zwischen die Finger bekam.

Ein übler Geruch nach Exkrementen ließ sie würgen. Sie blickte an sich herab. Natürlich, sie hatte sich eingenässt und eingekotet. Wenn Martina ihn nicht getötet hatte, dann würde sie selbst es tun. Nur qualvoller.

Aus der Ferne hörte sie Martinshörner näherkommen, Erwin hatte wohl seine Nachrichten abgehört und aus der Schweiz die nötigen Schritte eingeleitet. Kurz darauf war Gabrieles Wagen umstellt.

Ihr war es etwas peinlich, es hätte doch auch gereicht, wenn einer anhielt, um sie zu befreien, und sich die restlichen Beamten um Martina Sommer kümmerten.

Der Beamte, der die Fahrertür öffnete, blickte sie angewidert an: „Dass Sie sich nicht schämen, als Polizistin", dann spuckte er aus und sagte: „Wir nehmen Sie vorläufig fest wegen des dringenden Tatverdachts der Beihilfe zum Mord an Nadine Keller und Alexander Bernauer sowie dem versuchten Mord an Theo Müller."

-43-

Mai 2005

Marie schwebte auf Wolke sieben. Anfang des Jahres war sie von der Alm nach Sankt Gallen ins Haus ihres Freundes gezogen. Kennengelernt hatte sie ihn schon vor fünf Jahren, in der Klinik in Sankt Gallen, als sie zur Reha dort gewesen war.

Sie konnte sich noch genau an ihren ersten Eindruck von Jochen Sommer erinnern. Sie fand den Arzt im Praktikum eingebildet, eitel und überhaupt doof. Näher waren sie sich erst gekommen, als Marie zu den regelmäßigen Nachuntersuchungen musste und an einem dieser Termine hatten sie sich verabredet, nur auf einen Kaffee. Seit damals war viel passiert und Anfang des Monats hatte mit er Teelichten auf dem Rasen im Garten ein Herz aufgestellt und auf Knien gefragt ...

Die Wochen nach dem Antrag vergingen wie im Flug. Aber es legten sich erste Schatten über das junge Glück. Ihr zukünftiger Ehemann hatte sich in Deutschland um eine Stelle in der medizinischen Forschung beworben, was bedeutete, dass Marie von Barbara getrennt werden würde. Das war schon schlimm genug für sie, aber es kam noch schlimmer: Sie musste zurück in die Stadt, aus der sie Jahre zuvor gerettet worden war.

Die Gästeliste zur Hochzeit bestand fast nur aus Freunden und Kollegen von ihm. In der letzten Woche vor dem großen Tag kamen Vreni und Babara und zogen zu Alfred in die Villa am Stadtrand von Heidelberg. Alfred führte Marie in einem wunderschönen weißen Kleid zum Altar. Am folgenden Montag ging Marie zum Rathaus, um ihren neuen Ausweis ausstellen zu lassen.

„Welcher Ihrer Vornamen ist Ihr Rufname?", fragte der Beamte.

„Rufname ist Martina, Marie nennt mich niemand."

Der junge Mann tippte in seinen Computer. Martina Marie

Sommer, geborene März.

Martina Sommer bewarb sich noch im selben Monat bei der Polizei in Heidelberg. Sie absolvierte ihre Ausbildung mit Bestnoten, ließ sich zur Spurensicherung versetzen und fand dort ihr berufliches Glück. Anders verlief es mit ihrer Ehe, Jochen Sommer verliebte sich in eine blonde Krankenschwester Anfang 20.

Die Scheidung war schmutzig und zu guter Letzt hatte Jochen keinen Porsche, kein Haus und keine junge Geliebte mehr, denn ohne Porsche war der viel ältere Mediziner gleich nur noch halb so sexy.

Martina dagegen arbeitete sich in den folgenden Jahren bis zur Leiterin der Spurensicherung hoch.

-44-

Erwin robbte noch immer auf allen vieren. Er wusste nicht, wo er war, nicht einmal, ob er in die richtige Richtung kroch. Jedes Gefühl für Zeit, Raum oder Distanz war weg. Der eisige Schnee prasselte erbarmungslos auf ihn herab und traf ihn schmerzhaft wie Pfeilspitzen. Er zitterte am ganzen Körper. Bestimmt würde er hier draußen in dieser Hölle sterben.

Als er keine Hoffnung mehr hatte, stießen seine Finger an Holz, glattes Holz, eine Tür. Mit letzter Kraft zog er sich zur Türklinke und drückte den Griff nach unten. Erst passierte nichts, doch schließlich gab die Tür nach. Er rollte sich in die Hütte und schloss hinter sich den Eingang. Um ihn herum war Wärme, dann verlor er die Besinnung.

Als er wieder zu sich kam, war es dunkel. Erwin raffte sich auf und trat ans Fenster. Der Sturm war normalem Schneefall gewichen. Der Schnee reichte bis ans Fensterbrett. Mühsam kämpfte er sich die enge Treppe nach oben, zu den im ersten Stock liegenden Räumen.

Er ging in das Schlafzimmer von Marie und nahm das Foto von ihr, dass er schon am Vortag betrachtet hatte. Das kleine, pummelige Mädchen, die Schwester, Barbara. Dann holte er das Hochzeitsfoto aus seiner Tasche und hielt es daneben. Es gab keinen Zweifel, Barbara war die Ehefrau von Bernd Steiner. Erwin verstand nichts mehr. Er war unendlich müde und es war ihm so fürchterlich kalt, er zitterte am ganzen Körper. Erschöpft legte er sich in Maries Bett, zog die schwere Decke über sich und schlief ein.

45

Martina war am Morgen nicht zum Dienst angetreten. Wie schon die Tage zuvor hatte sie um acht Uhr einfach im Büro angerufen, erklärt, dass es ihr nicht gut sei, und angekündigt, dass sie am Nachmittag zum Arzt gehen würde. Die Sekretärin hatte sich nur zu einem desinteressierten „Ist recht, gebe es weiter" herabgelassen.

Es war nicht einmal gelogen, denn gut war es ihr schon seit Tagen nicht mehr. Seit diesem verdammten Tag, als der Baggerfahrer die Leiche des Mädchens entdeckt hatte, das für sie im Tunnel sein Grab gefunden hatte.

Ihr Vater, Heinz März, hatte damals im Zeitungskiosk am Heidelberger Hauptbahnhof alle Tageszeitungen gekauft und hunderte Todesanzeigen gelesen, bis er endlich ein unglückliches Kind fand, das „nach langer, schwerer Krankheit von Gott erlöst wurde".

Jetzt hatte sie auf dem Balkon ein Feuer entfacht, um Beweise zu vernichten. Schlimm genug, dass Alfred auf diese Schlampe reingefallen war und sie private Briefe hatte lesen lassen. Dieses geldgeile Miststück hatte ihn ermordet und damit wäre um ein Haar Martinas wahre Identität aufgedeckt worden. Sie warf Bilder, die sie mit ihrem Ersatzvater Alfred zeigten, in die Flammen, dann ältere Schwarz-Weiß-Fotos mit ihrem geliebten Vater.

Die Bilder besaß sie nur, weil sie irgendwann alle Vorsicht aufgegeben hatte. Da war sie schon im Internat in der Schweiz gewesen. Sie hatte all ihren Mut zusammengenommen und ihre Mutter angerufen. Alfred war dann zu ihr gegangen und hatte die Bilder geholt. Er und ihre Mutter waren in Kontakt geblieben, und so wusste sie zumindest, dass es ihrer Tochter gut ging. Leider war es ihr nicht vergönnt gewesen, sie noch mal lebend zu sehen. Aber da sie schon bei der Spurensicherung gewesen war, als ihre Mutter starb, war es der am besten untersuchte natürliche Tod in der Geschichte der Heidelberger Polizei.

Jetzt entsorgte sie die Rechnungen für das Internat, die Alfred bezahlt hatte. Auch Zeugnisse und Briefe folgten den Fotos ins Feuer. Während draußen auf dem Balkon die Reste ihres Lebens vor sich hin kokelten, kochte sie Kaffee und holte den Kuchen aus dem Kühlschrank.

„Bernd hat angerufen, euer Erwin weiß, wer ich bin", rief Barbara aus dem Schlafzimmer.

„Dann wird es ja nicht lange dauern, bis seine zwei Bluthunde hier auftauchen."

„Also, tu mal nicht so, immerhin vögelst du mit ihm und so schlecht sieht er auch nicht aus", foppte Barbara ihre Schwester.

„Ja, sein Aussehen macht es einfacher. Fast schade, dass er über die Klinge springen muss. Räumen wir erst mal den Balkon auf, nicht, dass noch jemand stutzig wird."

Wenig später war alles geputzt und die beiden Frauen saßen mit frisch gebrühtem Kaffee und einem leckeren Stück Apfelkuchen am Tisch. Martina führte gerade ihre Tasse zum Mund, als es an der Wohnungstür läutete.

„Versteck dich, Barbara. Bis ich dir das Zeichen gebe. Du weißt ja, was wir besprochen haben."

Barbara nickte und verschwand hinter der Schlafzimmertür. Martina stand auf und öffnete Manfred. Auf den ersten Blick wusste sie, dass er wusste, wer sie war.

„Du bist es, Manfred, komm rein. Ich trinke gerade Kaffee."

Manfred setzte sich ihr gegenüber an den Tisch im Wohnzimmer, schenkte sich eine Tasse ein und warf dann fünf Stück Zucker in die schwarze Flüssigkeit.

„Du bist Marie März", sagte er.

Martina merkte, dass dies keinesfalls eine Frage war, sondern eine ganz nüchterne Feststellung. Also schwieg sie.

„Ich verstehe, dass du deine Identität geheimgehalten hast. Ich verstehe sogar, dass du deinen Vater mehr als 20 Jahre unschuldig im Gefängnis hast schmoren lassen. Aber dass du, um deinen Arsch zu retten, drei Menschen ermordest, das verstehe ich nicht."

Martina stand auf und hustete auffällig laut, dann sah sie Manfred mitleidig an. „Ich glaube, ich bin dir zumindest eine Erklärung schuldig", sagte sie. „Alfred wurde von Nadine Keller ermordet, sie hat ihn erpresst, damit er sie in sein Testament aufnimmt. Und dann hat sie ihn umgebracht. Du wirst verstehen, sie hatte es verdient, zu sterben, und ihr Komplize natürlich auch. Es war unheimlich lieb von dir, das für mich zu tun." Martinas Grinsen wurde sehr breit.

„Was redest du da?", fragte Manfred verständnislos.

„Ist doch voll süß von dir, meine Feinde zu töten. Du bist halt verrückt vor Liebe", sagte sie.

„Was habe ich damit zu tun?"

„Du? Der rote Mercedes, das ist deiner. Auf Theo Müller wurde aus *deiner* Dienstwaffe geschossen. Im Wageninneren werden wir Schmauchspuren finden, und an deinen Händen auch. Schießtraining, vorgestern, ganz mieses Timing. Und am Tattag kamst du zu spät."

„Da warst du mit mir zusammen", fiel ihr Manfred ins Wort.

„Ich? Mit dir? Ich war nicht bei dir, meine Freundin Barbara war zu Besuch, sie kann bezeugen, dass ich mit ihr hier war."

Wie aufs Stichwort trat die Schweizerin aus dem Schlafzimmer.

„Man wird in deiner Wohnung eine blonde Perücke, schwarze Frauenhose, Frauenkleider und ein Messer finden, mit dem zwei Menschen ermordet wurden. An Nadines Kleidung habe ich Haare von dir nachweisen können. Sobald ich mir das Ganze genauer ansehe, werde ich noch mehr Beweise für deine Schuld finden. Du solltest dich stellen, das ist strafmindernd."

„Du bist verrückt. Damit wirst du niemals durchkommen! Nie!", brüllte Manfred hysterisch.

„Bei der Vielzahl forensischer Beweise? Ich glaube, damit komme ich durch", sagte Martina und lachte. Es läutete an der Tür. „Barbara, öffnest du bitte für die Kollegen von der

Polizei?"

Manfred zog seine Dienstwaffe und brüllte Barbara an: „Du bleibst weg von der Tür!" Er ging in den Flur und spähte durch den Spion nach draußen. Dort standen zwei uniformierte Beamte. „Verschwindet", brüllte er die Tür an. „Ich habe Geiseln. Wenn in einer Minute noch ein Polizist vor der Tür zu sehen ist, sterben sie." Zufrieden sah er, wie sich die Beamten zurückzogen.

„Komm, Manfred, lass es sein, du machst es doch nur schlimmer für dich", versuchte Martina, ihren Freund zu beruhigen.

Manfred legte auf sie an und brüllte hasserfüllt: „Du Hexe!" Dann schoss er.

Martina fiel, aber ob er sie getroffen hatte, wusste er nicht. Er riss die Tür auf und jagte zwei Patronen in die Richtung, in die die Uniformierten verschwunden waren. Dann rannte er die Treppe hinauf. Er öffnete die Dachluke, als die Beamten lautstark ins Treppenhaus stürmten. Die Männer veranstalteten so ein Theater, dass sie das Runtergleiten der Notleiter nicht gehört haben konnten. Eilig krabbelte er hinaus auf das Dach.

Manfred war nicht schwindelfrei, und das Ziegeldach war bei diesem Altbau sehr steil. Er war gerade an die Kante zum Nachbarhaus gelangt, als er hinter sich eine panische Stimme hörte.

„Rolf, komm zurück. Du brichst dir den Hals!"

Rolf war allem Anschein nach sein Verfolger und nur wenige Meter hinter ihm. Er wandte sich zu seinem Kollegen um.

„Bring dich in Sicherheit, ich schnapp ...", setzte er an, aber weiter kam er nicht mehr.

Manfred hatte die Sekunden, in denen sich sein Verfolger abgewandt hatte, genutzt, um die fünf Meter zurückzulaufen und Rolf mit voller Wucht in den Rücken zu springen. Der verlor das Gleichgewicht, ruderte verzweifelt mit den

Armen, aber es war zu spät, er stürzte sieben Stockwerke in den Tod.

Manfred rappelte sich auf und rannte und der Beamte, der seinen Kollegen zurückgerufen hatte, schoss. Die ersten beiden Kugeln verfehlten Manfred, jedoch nicht die dritte. Die traf ihn am Oberarm, der Schmerz raubte ihm den Atem. Er torkelte, ein weiterer Schuss peitschte ihm hinterher. Manfred war zwei Häuser weiter, aber hier oben auf dem Dach gab es keine Deckung. Als ein fünftes Geschoss an seinem Kopf vorbeipfiff, erinnerte er sich an die riesigen Balkone, die das Haus zierten, auf dem er gerade herumlief.

Es gab nur zwei Möglichkeiten, entweder hier oben durch eine Kugel sterben, oder springen. Im Flug erkannte er, dass die Galerie kleiner war, als sie von der Straße her wirkte. Schmerzhaft schlug er auf dem Geländer auf und hatte Glück, dass er zur richtigen Seite von der Balkonumgrenzung rutschte.

Vor Schmerzen wimmernd krümmte er sich auf dem Steinboden des Balkons zusammen. Schon hörte er seinen Verfolger nur wenige Meter über sich fluchen. Der Mann wagte den Sprung in die Tiefe nicht.

Manfred rappelte sich auf. Er packte den Tisch und warf ihn durch die altersschwache Balkontür, die unter lautem Krachen nachgab. Er stolperte durch die Trümmer in die dahinterliegende Wohnung, eilte durch ein schlicht eingerichtetes Wohnzimmer und gelangte in ein Treppenhaus, das dem, aus dem er gerade geflüchtet war, gar nicht unähnlich war. Die Blumentapete im Grünton war etwas gewöhnungsbedürftig.

Er rannte die Treppen hinab und lauschte, ob im Erdgeschoss Polizei ins Haus kam, aber es blieb alles ruhig. Also lief er durch den Hinterausgang auf einen Hof und blickte sich um. Wäscheleinen, ein umgefallenes Dreirad, Kinderspielzeug. Keine Polizei.

Eine niedrige Mauer grenzte den Hinterhof von dem des

Nachbargebäudes ab. Er stieg über die Grundstücksbegrenzung und ein unmenschlicher Schmerz durchzuckte ihn. Sein Pulli war an der linken Seite feucht. Er sah sich seine Hand an, sie war rot. Nicht gut, dachte Manfred, gar nicht gut. Er setzte alles auf eine Karte und ging durch den Hausflur raus auf die Straße. Hier standen etliche Einsatzfahrzeuge.

Er entdeckte auch seinen Dienstwagen, aus dem Gabriele gerade in Handschellen abgeführt wurde. So schnell wie möglich rannte er in Richtung Innenstadt. Er brauchte einen Arzt. Auf dem Weg kam er am Bahnhof vorbei, vor dem gut ein Dutzend Polizeiwagen standen, dazu etliche Beamte mit automatischen Waffen. Einer drehte sich zu ihm um, aber Manfred reagierte blitzschnell, bog ab und ging in die falsche Richtung weiter, weg von seinem Arzt.

Er quälte sich um den Block und wollte in die nächste Straße abbiegen, ihm war schwindlig. Aber auch da waren Polizisten. Kamen sie ihm nach? Er traute sich nicht, nachzusehen, und ging weiter.

Manfred hörte überall Martinshörner, überall waren Polizisten. Er flüchtete über die Ernst-Walz-Brücke und versuchte, zu den Unikliniken ins Neunheimer Feld zu kommen. Seine Beine gaben nach, alles um ihn wurde schwarz. Manfred brach mitten auf der belebten Brücke zusammen.

46

Erwin lag im Bett und fror, sein Mund war trocken und seine Stirn glühte. Obwohl ihm so schrecklich kalt war, schwitzte er. Aber das alles bekam er nur am Rande mit. Kraftlos schleppte er sich ins Badezimmer, um Wasser aus dem Hahn zu trinken. Seine Beine waren weich und er hatte das Gefühl, auf Eierschalen zu gehen. Zurück im Bett dämmerte er sofort weg.

Später war ihm, als wäre eine Person im Zimmer. Er öffnete die Augen einen Spalt und glaubte, Martina zu erkennen, wie sie das lose Brett zum Geheimfach wegnahm und etwas in die Öffnung legte. Dann trat sie an sein Bett.

„Wieder unter den Lebenden, hat dich ja übel erwischt", sagte sie.

„Durst, ich habe Durst", stammelte Erwin.

Die Frau, die aussah wie Martina, legte ihm die Hand auf die glühende Stirn, dann verließ sie das Zimmer. Eine andere Frau kam rein.

Sie sagte in unverkennbarem Schweizer Dialekt: „Sie müssen das trinken, dann geht es Ihnen bald besser."

Das Zeug schmeckte wie Gift, aber Erwin trank Schluck für Schluck die milchig trübe Flüssigkeit, dann wurde es um ihn wieder schwarz. Wie lange er schlief, wusste er nicht.

Als er aufwachte und seine Umgebung betrachtete, stellte er fest, dass jemand Tee auf seinen Nachttisch gestellt hatte. Er erinnerte sich an einen verrückten Traum, in dem Martina in diesem Zimmer war und etwas in Maries Fach gelegt hatte und blickte zum losen Brett im Boden. Das Ganze war so abwegig, dass er bestimmt nicht aufstehen würde, um dort reinzusehen. Aber den Blick abwenden konnte er auch nicht. Er wusste, er würde keine Ruhe finden.

Mühsam stand er auf, wankte zu der Öffnung und hob die Diele an. Da lagen ein schwarzes Haarband, ein Ohrring und, Erwin stockte der Atem, Manfreds schwerer Ring, der Ring, für den er ihn so oft gerügt hatte, weil er ihn nicht im Dienst tragen sollte.

Die Tür öffnete sich und eine bekannte Stimme tadelte ihn.

„Aber, aber, Chef, ist das eine Art, in den persönlichen Gegenständen der Gastgeber rumzuschnüffeln? Du musst im Bett bleiben, das Fieber hat dich geschwächt."

Hinter Martina kam jetzt eine zweite Frau ins Zimmer, Erwin erkannte sie sofort von dem Hochzeitsfoto, das er aus dem Gutshaus mitgebracht hatte.

„Marie", sagte sie. Dann bemerkte sie Erwin. „Oh, der Chef weilt wieder unter den Lebenden. Sie müssen ja Hunger haben wie ein Bär, nachdem sie vier Tage geschlafen haben."

„Was ist mit Manfred?", stammelte Erwin.

„Als Marie ihn der Morde überführt hatte, versuchte er, sich den Weg freizuschießen. Er hat auf seiner Flucht noch einen Polizisten getötet", berichtete Barbara.

„Völlig krank der Typ. Ich darf gar nicht daran denken, in welcher Gefahr ich war. Immerhin hat er bei mir übernachtet", ergänzte Martina. Die beiden Frauen brachen in lautes Gelächter aus.

In diesem Moment betraten zwei Sanitäter den Raum. „Herr Tillmann, wir fliegen Sie ins Spital nach Zürich."

Erwin war froh, wegzukommen. Mit diesen Leuten wollte er nicht mehr unter einem Dach sein. Neben dem Helikopter stand Bernd.

„Warum hast du mich herkommen lassen? Du musstest doch zumindest befürchten, dass ich die Wahrheit herausfinde", fragte Erwin.

Bernd schüttelte den Kopf. „Ich glaube, ich wollte nur wissen, was damals passiert ist."

„Und jetzt?"

„Jetzt weiß ich es. Ich bin nicht glücklich darüber. Aber damit muss ich leben", sagte Bernd. „Ich hoffe, wir sehen uns unter schöneren Umständen wieder", setzte er nach einer Pause dazu.

Erwin wurde klar, dass nichts, was sie hier ermittelt hatten, jemals den Weg zum Staatsanwalt finden würde.

47

Juli 2000

Professor Alfred Bauer saß wieder in einer Lufthansamaschine mit dem Ziel Florenz, Flughafen Amerigo Vespucci.

Luca Skalletti hatte auch dieses Mal einen Fahrer mit einer Luxuslimousine zum Flughafen gesandt, um ihn zu seinem Fünfsternehotel in der Altstadt am Ufer des Arnos zu bringen.

Alfred würde diese Annehmlichkeiten vermissen. Das war es, sein letzter offizieller Besuch in Florenz. Sie waren alle älter geworden und an diesem Wochenende würde sein Freund Luca in den wohlverdienten Ruhestand gehen. Als er jetzt aus der klimatisierten Ankunftshalle des Flughafens in die heiße Sonne der Toskana trat, wurde ihm klar, dass er noch nie im Sommer hier gewesen war.

Das Gras war verbrannt, nur die Pinien waren als grüne Flecken überall an den Straßenrändern verteilt. Vieles hatte sich verändert in den letzten Jahren. Der Arno führte kaum Wasser, Alfred dachte sich, dass es bestimmt möglich war, jetzt zu Fuß zum anderen Ufer zu gelangen, ohne eine der vier Brücken nutzen zu müssen.

Als er in sein Zimmer kam, wusste er, dass sich andere Dinge nie ändern würden. Sie könnten noch so viele amerikanische Fastfood-Restaurants eröffnen, immer mehr Autos die Straßen verstopfen lassen, in diesem Zimmer würden stets die gleichen edlen alten Möbel stehen.

„Herr Professor Bauer, schön, Sie wieder in unserem Haus begrüßen zu dürfen. Ich bin Ihr Zimmer-Butler. Wenn Sie einen Wunsch haben, ich stehe Ihnen jederzeit zur Verfügung."

Alfred sah sich im Zimmer um. Sein zweites Kissen und die dünne Wolldecke lagen schon auf dem Bett. Vor 20 Jahren hatte Alfred den Butler gebeten, beides zu bringen, und als er zwei Jahre darauf wieder in dem Haus übernachtet hatte, war es bereits auf dem Himmelbett platziert gewesen. Alfred brauchte nicht nachzusehen, er war sich sicher, dass im Wohnbereich des Zimmers sein bevorzugter Rotwein stand, nicht in der Flasche, in einer Karaffe, denn er musste atmen.

Er sagte dem Butler, dass er sich zwei Stunden ausruhen wollte, und der Bedienstete zog sich unauffällig zurück. Heute Abend würde Alfred sich mit seinem Freund im Museum treffen.

Als er später unter dem Torbogen stand, der in den Garten der Villa führte, trat ihm ein Uniformierter in den Weg. „Das Museum ist geschlossen, wir öffnen morgen früh um zehn Uhr wieder."

Alfred lächelte. „Ich bin Professor Bauer, der Kurator Herr Skalletti erwartet mich", erklärte er.

Der Sicherheitsmitarbeiter wollte gerade in seinen Unterlagen nachsehen, ob ein Besucher angekündigt war, als Luca von der Kapelle zum Eingang kam. „Toni, der Professor ist mein Gast", sagte er und umarmte Alfred herzlich.

Als sie im Büro des Kurators angekommen waren, fragte Luca: „Was ist so wichtig, dass wir uns hier und nicht im Restaurant treffen?"

Alfred fiel es schwer, aber es musste sein. Er holte aus seinem Aktenkoffer eine Box.

„Luca, ich habe vor vielen Jahren einen schlimmen Fehler gemacht. Den muss ich jetzt in Ordnung bringen. Ich war jung und fürchterlich egoistisch. Ich kann mich nur entschuldigen und hoffen, dass du mir verzeihst." Damit öffnete er die Box und gab den Blick auf das vor Jahrzehnten ausgetauschte Buch frei.

Luca betrachtete das Buch auf seinem Schreibtisch. Das Schweigen zwischen den beiden Freunden wurde immer länger und unangenehmer. Alfred war nervös. Was würde passieren? Würde Luca ihn rauswerfen? Die Polizei rufen? Er könnte es verstehen. Doch der Kurator tat nichts dergleichen.

Er begann zu lachen, erst leise und es klang mehr wie Husten, dann aber immer lauter. Tränen standen ihm in den Augen, Speichel flog ihm aus dem Mund. Luca konnte nicht mehr aufhören und Alfred stand da und verstand die Welt nicht mehr. Als sich der Italiener wieder unter Kontrolle hatte, zauberte er eine Flasche Grappa und zwei Stielgläser hinter seinen Tisch hervor und schenkte ein.

„Mein Freund, ich muss dir was zeigen", sagte er und prostete seinem Gast zu.

Als sie ausgetrunken hatten, verließen sie das Zimmer und Alfred fragte sich, warum Luca ein so wertvolles Buch einfach unverschlossen in seinem Büro liegen ließ. Sie durchquerten die Kapelle, betraten über eine schmale Holztreppe das Erdgeschoss und verließen den öffentlichen Bereich der Ausstellung durch eine Tür, auf der stand: „Nessun passaggio." Sie gingen einen langen Gang entlang, an dessen Ende eine Wendeltreppe nach unten führte.

Hatte man sich in den öffentlich zugänglichen Bereichen des aus dem zwölften Jahrhundert stammenden Gemäuers viel Mühe gegeben, die Beleuchtung so unauffällig wie möglich anzubringen, so waren hier die Kabel sorglos auf die Sandsteinmauer genagelt. Sporadisch hingen schmucklose Leuchtstoffröhren an den Wänden und tauchten die Treppe in ein düsteres Licht. Sie gelangten an eine Tresortür. Luca legte seine linke Hand auf einen Scanner und tippte gleichzeitig mit der rechten einen Code auf einem Touchpad ein. Dann gelangten sie in einen völlig sterilen Raum mit Edelstahlbehältern auf einem Regalsystem.

Der Kurator trat zielsicher vor eine der Kassetten, nahm sie aus dem Regal und trug sie zu einem Edelstahltisch. In dem Behältnis lag das originale Buch Dante Alighieris.

Luca sah in die leuchtenden Augen seines Freundes. „Ich hab um 20 Uhr einen Tisch im Restaurant reserviert, du hast eine Stunde mit dem Buch. Und brav bleiben."

Er zwinkerte Alfred zu und zeigte auf gut ein Dutzend Kameras im Raum, dann ließ er den Professor allein.

48

Gabriele kam wie immer sehr früh ins Präsidium, doch noch nie war ihr der Gang so schwergefallen. Sie hatte nichts mehr zu befürchten, alles deutete auf Manfred als Alleintäter hin. Wieder war die Tür unverschlossen. War Erwin etwa schon zurück?

Sie hatte am Vortag mit ihm telefoniert und er hatte sehr schwach geklungen. Gabriele hatte um neun Uhr einen Termin, die Kollegen aus Mannheim hatten jetzt die Morde an Nadine Keller und ihrem Freund aufzuklären. Dass Gabriele den Fall abgeben musste, stand außer Frage, aber dass Fremde übernahmen, raubte Manfred jede Chance auf Rehabilitation.

Ihr war die Wahl gelassen worden, ob sie nach Mannheim fahren oder in Heidelberg ihre Aussage machen wollte. Sie hatte sich für Mannheim entschieden, nicht zuletzt, weil dort ihr Kollege im Städtischen Klinikum immer noch gegen den Tod kämpfte. Seltsam, sie konnte ihn nicht mal richtig leiden, verdammt, sie hätte ihn nach der Nummer mit dem Festketten am Lenkrad am liebsten selbst ins Krankenhaus befördert. Doch diese Ungerechtigkeit hatte er nicht verdient.

Gabriele fragte sich, wie lange Martina an diesem Plan getüftelt hatte, ob sie ihn schon mit dem Gedanken, ihn am Ende ans Messer zu liefern, angegraben hatte, oder ob er nur eine willkommene „Du kommst aus dem Gefängnis frei"-Option gewesen war.

Mit Erwin war sie gestern noch mal alles durchgegangen. Keiner der Zeugen, der die Mörderin gesehen hatte, hatte einen Zweifel daran gelassen, dass es sich um eine Frau handelte. Manfred war bei den Befragungen dabei gewesen und keiner hatte ihn erkannt. Der fette Sicherheitsmitarbeiter vom Bahnhof schwor sogar, dass er noch nie einem Kerl auf den Arsch geglotzt hatte.

Sie öffnete die Tür und tatsächlich saß da Erwin. Sie konnte sich nicht erinnern, dass er jemals so beschissen ausgesehen hatte wie an diesem Morgen. Als sie ihn näher ansah, glaubte sie sogar, Tränen zu sehen. In ihrem Kopf schrie ein Alarm auf, hier lief gerade alles falsch.

„Erwin, was ist los?", fragte sie unsicher.

„Manfred ist tot", sagte ihr Vorgesetzter mit tonloser Stimme. „Sie haben mich heute Nacht angerufen, bin sofort hergefahren."

„Was tun wir jetzt? Kaufen wir uns diese Schlange?", fragte Gabriele.

Mutlos schüttelt Erwin den Kopf. „Sie ist gut, verdammt gut. Und wir sind eh raus."

„In Ordnung, aber wir haben die Briefe. Sie hat diesen Anton Brüderle ermordet. Mord verjährt nicht", sagte Gabriele.

„Die Ermittlungen würde der Ehemann ihrer Schwester führen. Und sie war damals elf. Auch in der Schweiz ist man in diesem Alter nicht strafmündig." Mit diesen Worten schlug er eine sehr dicke Akte zu. „Nimm die mit nach Mannheim, ich nehme den Rest des Tages frei."

Damit stand er auf und ließ Gabriele allein zurück.

-Epilog-

Martina Sommer saß auf der harten Holzbank vor der Bergalm, auf der sie einen Großteil ihrer Jugend verbracht hatte.

Der Schnee war geschmolzen, auf den Wiesen, die sie umgaben, sprießten Frühlingsblumen. Vögel zwitscherten fröhlich in den ersten warmen Sonnenstrahlen. In der Ferne sah sie den wunderschönen Stausee, das Eis war verschwunden und so lag er türkisschimmernd im Tal, eingeschlossen von den an ihren Gipfeln schneebedeckten Bergen. Ihr grau getigerter Kater lag auf ihrem Schoß, zärtlich kraulte sie das Tier am Hals und lauschte dem tiefen, zufriedenen Brummen.

Martina war beurlaubt, zumindest für die Dauer der Untersuchungen, die sich um Manfred Bohrmann drehten. Ob sie jemals zurückgehen würde, bezweifelte sie. Es ging ihr hier oben gut. Diese Alm hatte seine Bewohner über Generationen ernährt, sie könnte hier glücklich werden.

Seit zwei Wochen besuchte sie täglich Kevin, der Jäger, der für ihre Region zuständig war, Anfang 40, blond, ein recht hübscher Mann. Und das Wichtigste: unverheiratet. Ja, der Gedanke zeichnete sich immer klarer in ihrem Unterbewusstsein ab, sie könnte hier glücklich werden.

Sie nahm eine Zigarette aus der Schachtel und zündete sie sich genüsslich an. Empört sprang der Kater von ihrem Schoß und stolzierte angewidert weg.

„Ich hätte es wissen müssen, bist halt auch nur ein Mann", rief sie der Katze belustigt hinterher.

Sie lehnte sich zurück, nahm einen tiefen Zug, blickte in den wolkenlosen Himmel und sah zu, wie sich die Kondensstreifen eines Flugzeugs langsam auflösten.

Als sie ins Haus gehen und sich einen Kaffee holen wollte, fiel ihr Blick auf den Fußweg im Tal. Jemand kam den schmalen, steilen Pfad zu ihr hoch. Kein geübter Wanderer, der Besucher blieb immer wieder stehen, um Luft zu holen.

Es muss ein sehr alter Mann sein, dachte sich Martina und beobachte, wie der Mann langsam näherkam. Erst als der Neuankömmling den Weidezaun erreichte, erkannte sie ihn. Tränen schossen ihr in die Augen, ihre Kaffeetasse glitt ihr aus der Hand. Dann rannte sie ihrem Vater entgegen.

Als sich Vater und Tochter nach mehr als 20 Jahren glücklich in den Armen lagen, wurde ihr klar, dass sie beide hierher gehörten.

Auch von diesem Autor:

Die Leiche im Sumpf
ISBN: 3837094073
BOD / 8,90€

Vollkommene Macht
ISBN: 383916222X
BOD / 8,90€

Nie der einfache Weg
ISBN: 9783732232925
BOD / 12,90€

Gottes Krokodil
ISBN: 3741225878
BOD / 9,90€